NOUVELLE

GRAMMAIRE LATINE.

AVIS DE L'EDITEUR.

POUR compléter cette Grammaire, dont l'Auteur n'a traité que la partie essentielle, celle des règles; et pour la commodité des Etudiants, l'Editeur l'a fait précéder des Noms et des Verbes du *Rudiment de Lhomond*, avec de légères modifications faites par M. SÉRYES, auteur de plusieurs ouvrages classiques, et membre de l'Université.

Cette Grammaire se trouve séparément chez le même libraire.

NOUVELLE

GRAMMAIRE LATINE.

PAR J.-B.-P. GERSIN,

MAÎTRE DE PENSION A BELLEVILLE.

PARIS,

CHEZ CRETTÉ, LIBRAIRE,

RUE SAINT-MARTIN, N°. 91 et 98.

1815.

AVIS.

On trouve chez le même libraire des livres de piété et de littérature, tous les livres classiques admis dans les Lycées, Colléges, etc., etc.; des éditions stéréotypes d'après les procédés d'Herhan, et autres aux prix les plus modiques; des dictionnaires en toutes langues, et grand nombre de différents livres reliés, utiles et agréables à la Jeunesse.

Ayant en magasin une quantité prodigieuse de livres dépareillés, il se fait un plaisir de compléter les ouvrages imparfaits.

PRÉFACE

Encore une Grammaire ! Pourquoi non ? Si le zèle pour la recherche et la publication des moyens d'écarter de l'étude les épines dont elle est environnée, n'étoit pas plutôt un devoir qu'une vertu dans les Instituteurs, qui douteroit qu'il ne fût pour eux un plaisir, puisqu'il prend sa source dans le tendre intérêt que l'enfance sait si bien inspirer ?

L'objet principal que nous nous sommes proposé dans cette Grammaire, est de ne jamais procéder que du *connu* à l'*inconnu*, du *simple* au *composé*. Cette marche pourroit-elle n'être pas tout-à-la-fois la plus directe et la meilleure, puisqu'elle est celle de la nature?

C'est donc sur cette idée que repose tout le plan de cet ouvrage, en sorte qu'il ne présente jamais, dans la méthode, aucune règle anticipant sur une autre, ni dans les exemples, aucun mot latin dont le cas n'ait été fixé par une règle précédente.

Les ellipses étant très-fréquentes dans la langue latine, nous nous sommes imposé l'obligation de remplir toutes celles qui se sont rencontrées dans les exemples, persuadés, comme beaucoup de Professeurs qui font la gloire de l'Université, que c'est le seul moyen de faire saisir aux enfants le génie d'une langue toute elliptique, et de les préparer à l'intelligence des Auteurs qu'ils sont appelés à traduire. En agir autrement n'est-ce pas remettre entre les mains d'un voyageur une pièce étrangère sans lui en faire connoître la valeur ?

Quant aux termes de grammaire employés dans cet essai, l'Université voulant avec sagesse que l'étude du français se lie étroitement à celle du latin, nous avons cru entrer dans ses vues et seconder ses intentions en ne faisant usage que des termes généralement adoptés par les plus célèbres Grammairiens. Nous ne disons donc pas que tel verbe, par exemple, *veut* ou *gouverne* l'ablatif ou tout autre cas, parce que ce principe est faux, que ces expressions sont impropres, puisqu'un verbe ne *veut* et ne *gouverne* rien, qu'enfin tout mot mis à l'ablatif, est toujours le complément, non d'un verbe, mais bien d'une préposition exprimée ou sous-entendue. Nous nous gardons bien surtout de dire, avec le Rudiment qui se trouve entre les mains de presque tous les Etudians, que pour mettre en latin ces phrases : *Menacer quelqu'un de la mort*, et *féliciter quelqu'un de la victoire*, il faille les tourner par : *menacer la mort à quelqu'un ; féliciter la victoire à quelqu'un* : contre-sens ridicule qui, dans la traduction littérale, ne tient que plus cachée la préposition qu'il importe de faire connoître, et dont l'*accusatif* est le complément, et non celui du verbe.

Par une conséquence toute naturelle des mêmes principes, nous avons jugé très-nécessaire d'éclaircir par l'analyse quelques points de grammaire que les enfants ne démêlent souvent qu'avec beaucoup de peine et comme à travers un nuage ; tels sont les adjectifs-conjonctifs, les verbes *pœnitet*, *pudet*, *refert* et plusieurs autres mots, source de leurs chagrins. Nous avons cru devoir enfin ne pas leur présenter comme *impersonnels* les verbes *opportet*, *est*, *dicitur*, etc., parce qu'il est très-facile de leur faire reconnoître le véritable sujet de tous les verbes de cette espèce, soit dans une phrase elliptique, soit dans l'INFINITIF qui ne manque jamais de les suivre, quand la phrase est complète.

Pourquoi, sous le respectable, mais quelquefois dangereux prétexte de ménager la délicatesse des facultés intellectuelles de l'enfance, ne pas lui donner, en termes clairs et précis, des principes simples et fondés sur la seule raison ? Pouvons-nous donc perdre de vue que l'erreur, de quelque apparence d'utilité qu'on cherche à la revêtir, n'engendre que l'erreur, et que la difficulté réside bien moins dans les choses, que dans le vice des moyens employés pour les étudier ou pour les enseigner ?

Quelques personnes soutiennent que l'enfance a plutôt besoin d'être GUIDÉE que d'être ÉCLAIRÉE. Interrogeons, à cet égard, l'infortuné récemment privé du bienfait de la lumière ; il se plaît à bénir la main qui le guide, mais les soins les plus empressés pourroient-ils jamais balancer l'avantage du plus foible rayon qui lui seroit rendu !

Nous regrettons, sans doute, de nous trouver en opposition avec les opinions et les principes de plusieurs Auteurs d'ouvrages de ce genre, publiés de nos jours, mais nous les supplions, par l'intérêt même qu'ils portent à la Jeunesse, de ne pas se laisser prévenir contre la forme nouvelle de cet essai, et de vouloir bien considérer que nous sommes placés entre les égards que ne commandent pas moins leurs estimables intentions que leurs longs services, et les obligations que nous imposent nos devoirs.

NOUVELLE GRAMMAIRE LATINE.

NOTIONS PRÉLIMINAIRES.

(Les Elèves doivent se bien pénétrer des notions suivantes.)

ART. Ier. UNE phrase est *simple* ou *composée*.

Elle est *simple* quand elle ne renferme qu'un *sujet*, un *verbe* et un *attribut* (1), comme : *Dieu est bon.*

Une phrase, formée de ces trois élémens simples, prend le nom de *proposition*.

Nota. (*Dieu existe*, est la même chose que *Dieu est existant.*)

(1) Nous entendons par *sujet* ce qu'on entend en latin par *nominatif*. L'*attribut* est ce qu'on appelle la *qualité* ou l'*adjectif*.

Nous substituons au mot *régime* celui de *complément*, généralement adopté aujourd'hui.

Dieu est tout-puissant; il a créé le monde.

Voilà deux propositions séparées :

Dieu est tout-puissant et il a créé le monde.

qui

Ce *qui* représente, outre la conjonction *et*, le double sujet du verbe; mais la raison veut que, joint au *nom* ou *substantif* auquel il se rapporte et qu'il rappelle, il occupe encore la place où se fait la jonction des deux propositions.

Exemple. *Dieu, qui a créé le monde, est tout-puissant.*

Ce *qui* se nomme *adjectif conjonctif.*

Art. II. *Dieu est bon, et je l'aime; j'aime lui.*

Dieu est bon, et lui j'aime.

que

Dieu que j'aime, est bon.

Ce *que* se nomme aussi *adjectif conjonctif.*

Qui est toujours le sujet du verbe suivant, et *que* en est toujours l'*objet* ou *complément.*

Art. III. *Dieu est bon, et j'admire sa grandeur*, la grandeur *de lui.*

Dieu est bon, et de lui j'admire la grandeur.

dont

Dieu, *dont* j'admire la grandeur, est bon.

Ce *dont* se nomme de même *adjectif conjonctif.*

Il résulte de cette analyse que toutes les fois qu'une

phrase renferme *qui, que* ou *dont*, elle est *double* ou *complexe.*

On va voir pourquoi il est nécessaire de savoir décomposer une phrase complexe.

Supposons qu'un Elève peu exercé ait à mettre en latin celle que voici :

Dieu, dont nous recevons des bienfaits, nous a créés.

Il est indubitable qu'il fera un solécisme au mot *dont* qu'il exprimera par *cujus*, parce que, faute de décomposer la phrase, il n'aura pas saisi le véritable rapport de ce mot.

Si, au contraire, il décompose ainsi : *Dieu nous* a créés, et nous en (de lui) recevons des bienfaits.

dont

Il verra que *dont*, représentant *et de lui*, est le *complément indirect* du verbe *recevoir*, en latin *accipere*, dont le complément indirect se met à l'ablatif avec *à* ou *ab.*

Ainsi, au lieu de dire : *Deus cujus*......

Il dira : *Deus nos creavit, et ab illo accipimus*

à quo

beneficia, mais mieux, et conformément au principe ci-devant énoncé: *Deus à quo beneficia accipimus, creavit nos.*

Par la même raison que *et illo* est remplacé par *quo*, l'on remplace *et illius* par *cujus*; *et illi* par *cui*; *et illis* par *quibus*, etc.

ART. IV. *Une puissance est immense. Une*

puissance est le sujet de la proposition, et le sujet de la proposition se met toujours en latin au nominatif.

La puissance de Dieu est immense.

Ce n'est plus ici d'une puissance en général qu'il s'agit, mais d'une puissance particulière, et les mots *de Dieu* font connaître quelle est cette puissance; ils la *déterminent*, ils font sentir que cette puissance est restreinte, que c'est de celle de Dieu que l'on veut parler.

Les Latins disent : *potentia Dei.*

Le mot *Dei*, au génitif, détermine le mot puissance, et fait voir que c'est de la puissance de Dieu qu'il s'agit.

Il est donc de règle générale que le second de deux substantifs, placés de suite, et signifiant des choses différentes, de manière que l'une se dise de l'autre, se met en latin au génitif.

Ainsi, tout génitif sert à *déterminer* le nom qui le précède, lors même qu'il est sous-entendu; et rien de plus fréquent dans la langue latine, qui est pleine d'ellipses.

ART. V. *Dieu donne aux fleurs leur aimable peinture.*

Cette phrase renferme deux compléments : *aux fleurs* est le complément *indirect*; et *leur aimable peinture*, le complément *direct.*

Le complément direct est le *terme de l'action* ou l'*objet* du verbe; c'est la chose qu'on *nomme*, qu'on *accuse*, et que, par cette raison, l'on met en latin à l'*accusatif*.

Lorsqu'un *substantif* ou un *pronom*, complément direct d'un verbe français, ne se trouve pas dans le latin à l'accusatif, c'est que le complément du verbe latin n'est pas direct. Par exemple, dans cette phrase : *j'étudie la grammaire*, ce dernier mot est, en français, le complément direct du verbe *étudier*, mais il est le complément *indirect* du verbe latin *studere*, composé de *studium dare*, donner son étude à......

ART. VI. *A*, *au*, *aux*, est une préposition qui marque le *complément indirect*, ainsi que *de*, *du*, *des*.

A, *au*, *aux*, sert à faire connaître, à indiquer l'objet auquel on *donne*, on *attribue* et même on *ôte* quelque chose.

Il donne *aux fleurs*. *Aux fleurs*, est le complément indirect de *donne*; et, en latin, ce qu'on appelle le cas d'*attribution*, qui se rend par le *datif*.

ART. VII. Le complément indirect de ces sortes de verbes : *se servir de*, *se nourrir de*, *frapper de* ou *avec*, *être affecté de*, *remplir de*, *dépouiller de*, *priver de*, *s'acquitter de*, *revenir de*, *sortir de*, *naître de*, *long* ou *haut de*, *distant de*, *coupable de*, etc., etc., se mettent à l'ablatif, et sont toujours censés précédés d'une préposition.

Ainsi donc, règle générale : nul mot n'est à l'*ablatif* sans une préposition *exprimée* ou *sous-entendue*.

De l'Infinitif.

Art. VIII. *Infinitif* signifie *indéfini*, *indéterminé*. *Etre*, *aimer*, ne détermine aucun temps.

L'*infinitif* se prend souvent, en latin, pour le *nominatif*, comme en français, pour le sujet du verbe. Nous disons, à l'exemple des Latins : *manger est nécessaire à l'homme*; mentir est un crime, *mentiri scelus est.*

L'*infinitif* latin est souvent employé comme *substantif neutre* et *indéclinable*.

On le trouve même modifié par un adjectif.

Ex. *Tuum scire nihil est.*
Ton savoir n'est rien.

L'*infinitif* s'emploie aussi pour tous les cas, ainsi qu'on le verra dans cette Grammaire.

Il est quelquefois le complément d'une préposition sous-entendue.

Ex. *Indocilis pauperiem pati.* (Hor.) pour *indocilis ad pati* ou *ad patiendum pauperiem.*

L'infinitif sert le plus ordinairement à lier deux propositions et remplit la même fonction que notre conjonction *que*. Ex. Je sais que vous lisez. *Je sais : vous lisez*. Le verbe de la seconde proposition, mis à l'infinitif, lie les deux propositions comme le *que* français; mais il faut avoir soin de mettre à l'accusatif le nom qui forme le sujet de la seconde proposition. *Scio te legere*.

GRAMMAIRE LATINE.

SYNTAXE,

OU

ARRANGEMENT, CONSTRUCTION DES MOTS ET DES PHRASES SELON LES RÈGLES DE LA GRAMMAIRE.

Accord de l'adjectif avec le sujet *ou* substantif.

I. *Deus sanctus*; Dieu saint.

Règle : L'adjectif s'accorde *en genre*, *en nombre* et *en cas* avec le *nom* ou *sujet* auquel il se rapporte.

Ex. La Vierge sainte; *Virgo sancta.*

Les édifices superbes; *ædificia pulcherrima.*

II. *Pater et filius boni*; le père et le fils bons. (Suppléez *homines.*)

L'adjectif, se rapportant à deux noms de même genre, se met au pluriel, parce que deux singuliers forment un pluriel.

Ex. La mère et la fille chastes; *mater et filia castæ.* (*mulieres.*)

III. *Pater et mater pii*; le père et la mère pieux.

Mais si l'adjectif a rapport à deux noms de genres différens, il s'accorde plutôt avec le *masculin* qu'avec le *féminin*, et plutôt avec le *féminin* qu'avec le *neutre*.

Ex. Les servantes et les bêtes retrouvées; *Ancillæ et jumenta repertæ*.

IV. *Virtus et vitium contraria*; la vertu et le vice contraires.

L'adjectif se rapportant à deux noms de choses (1), se met au pluriel neutre et s'accorde avec le mot *negotia* sous-entendu, et peut le faire, quand même ces deux noms seraient du même genre.

Ex. La force et la prudence nécessaires; *fortitudo et prudentia necessariæ*, ou mieux *necessaria*.

Suppléez le mot *negotia*, parce qu'il n'y a point d'adjectif qui ne se rapporte à un substantif exprimé ou sous-entendu. *Infans* suppose *puer*, et *patria* suppose *terra*, etc.

Ludovicus, *rex*; Louis, roi.

Deux noms *substantifs* employés de suite pour désigner un seul et même objet, se mettent au même cas.

Ex. Cicéron, orateur; *Cicero*, *orator*.

Tullie, nos délices. *Tulliola*, *deliciæ nostræ*.

Urbs Roma; la ville de Rome.

Le fleuve du Rhin; *flumen Rhenus*; — Le mois

---

(1) Le mot *chose* ne désigne qu'un objet inanimé; c'est dans ce sens qu'il faudra toujours le prendre.

de janvier; *mensis Januarius*. La forêt des Ardennes; *Arduenna silva*.

Accord du verbe avec le sujet, ou nominatif.

I. *Ego audio*, j'entends *ou* j'écoute.

R. Tout verbe qui n'est pas à l'infinitif, s'accorde en *nombre* et en *personne* avec son nominatif exprimé ou sous-entendu.

Ex. *Doces*, vous enseignez. *Legit*, il lit.

(Le pronom, qu'on sous-entend ordinairement, doit s'exprimer quand on emploie deux verbes dont le sens est opposé, ou quand la phrase peint un sentiment vif.)

Ex. Vous parlez et nous écoutons; *tu loqueris*, *nos audimus*. Vous dormez ainsi! *tu sic dormis*!

II. *Petrus et Joannes oblectantur*; Pierre et Jean se divertissent.

Tout verbe qui a deux nominatifs singuliers se met au pluriel, parce que deux singuliers valent un pluriel.

Ordre des personnes.

III. *Ego et Cicero valemus*; Cicéron et moi nous portons bien.

R. Les Latins plaçaient la première personne avant la seconde, et celle-ci avant la troisième.

Ex. Vous, Jean et moi voulons; *ego, tu et Joannes volumus*.

Noms collectifs.

IV. *Turba ruit* ou *ruunt*; la foule se précipite.

Le verbe se met indifféremment au *singulier* ou au *pluriel* quand il a pour nominatif un nom *collectif*, c'est-à-dire, qui, au singulier, exprime plusieurs personnes ou plusieurs choses.

Ex. *Exercitus* ou *populus accedit* ou *accedunt*; l'armée *ou* le peuple s'approche.

(Souvent, en français, le sujet est après le verbe.)

Il est arrivé un grand malheur. T., un grand...... *magna calamitas accidit.*

Deus est æternus; Dieu est éternel.

I. L'adjectif qui suit immédiatement les verbes qui expriment un *état*, une *manière d'être*, tels que *sum*, *fio*, *videor*, *habeor*, *censeor*, *dicor*, etc., se met au même cas que le nom ou pronom qui précède le verbe auquel il se rapporte.

Ex. Il est devenu savant; *factus est doctus.*

Je m'appelle *ou* je suis appelé lion; *ego nominor leo.*

Ils sont entrés tout en colère; *intrârunt irati.*

Aristide mourut pauvre; *Aristides mortuus est pauper.*

II. *Templum ædificatum est*, un temple a été bâti.

Tous les temps composés, c'est-à-dire formés de deux mots, comme *amatus sum*, *hortatus sum*, etc. s'accordent en genre et en nombre avec leur nominatif.

Ex. Les fleurs auraient été cueillies; *flores lecti fuissent.*

II. *Turpe est mentiri* (1), il est honteux de mentir; mot à mot : *mentir* ou *le mentir* est honteux.

Règle. Quand l'infinitif peut devenir aussi le sujet ou nominatif du verbe qui le précède, il doit être considéré comme un véritable substantif neutre, indéclinable et au nominatif.

Ex. Il est agréable d'étudier; T. étudier est agr.... *Gratum est studere.*

Vivere ipsum turpe est; il est même honteux de vivre. (*ipsum* s'accorde avec *vivere*, substantif neutre.)

ADJECTIF-CONJONCTIF.

Qui, Quæ, Quod.

I. *Deus qui regnat est omnipotens*; le Dieu qui règne est tout-puissant. (Voir l'art. Ier. des notions préliminaires.)

R. L'adjectif-conjonctif *qui, quæ, quod*, s'accorde en *genre* et en *nombre* avec son *antécédent*, c'est-à-dire avec le *nom* ou *pronom* qui le précède, et il est toujours le nominatif du verbe suivant.

Ex. Le frère et la sœur qui jouent, sont aimables; *frater et soror qui ludunt, sunt amabiles.* La maison et le temple qui... *Domus et templum quæ...*

(Voir les règles particulières sur *qui, quæ, quod.*

---

(1) L'infinitif *mentiri* est ici pris pour le cas du nominatif. (Voir l'art. VIII des notions préliminaires.)

ACCUSATIFS.

Objet ou complément direct des verbes.

I. *Amo Deum*, j'aime Dieu.

R. L'objet (1) ou complément *direct* des verbes *actifs* ou *déponents*, se met toujours à l'*accusatif*. (Voir l'art. V. des notions préliminaires.)

Ex. Nous honorons la vertu; *colimus virtutem*.

J'imite mon père; *imitor patrem*.

Nota. Quand le complément *direct français* se trouve à un autre cas que l'*accusatif*, c'est que ce complément est *indirect en latin*. (Voir l'art. 5 des notions préliminaires.)

II. *Musica me juvat* ou *delectat*; la musique me réjouit, me fait plaisir.

Les verbes *juvat*, *delectat*, fait plaisir; *manet*, attend ou est réservé; *decet*, il convient; *fugit*, *fallit*, *præterit*, employés pour exprimer *ignorer*, ont pour complément direct le *nom de la personne*.

Ex. Cet habit me sied bien; *decet me hæc vestis*.

Une gloire éternelle nous est réservée; *gloria æterna nos manet*, (nous attend.)

Attendre se rend par *manere* quand il a pour nominatif un nom de chose, et par *expectare* quand c'est un nom de personne.

---

(1) On substitue le mot *objet* ou *complément* au mot *régime*.

Ex. Mon frère m'attend ; *expectat me frater meus.*

Nous ignorons bien des choses ; *multa nos fallunt, fugiunt, prœtereunt.* (Suppléez *negotia.*)

Vous savez cela, *ou* vous n'ignorez pas cela ; *id te non fugit, fallit, prœterit.* (Suppléez *negotium.*)

Que, Qui *complément direct d'un verbe.*

Frater et soror quos amo sunt pii ; le frère et la sœur que j'aime, sont pieux.

Règle : Le *que* adjectif-conjonctif s'accorde en *genre* et en *nombre* avec son antécédent, et est toujours le complément du verbe suivant.

Ex. Dieu que j'aime nous a créés, *Deus quem amo creavit nos.* (Art. II des notions prélimin.)

S'il se trouve dans la phrase française un *qui*, pouvant se tourner par *qui est-ce que*, il est le complément du verbe suivant.

Ex. Je sais qui je vois, T. qui est-ce que..... *scio quem video.*

L'animal que nous appelons lion est très-beau ; *animal quod* ou *quem* (1) *vocamus leonem est pulcherrimum* ou *pulcherrimus.*

Règle : *Qui, quæ, quod*, entre deux noms aux-

---

(1) Horace, en parlant de Cléopâtre, a dit : *fatale monstrum quæ*, etc., en rapportant le *quæ* à Cléopâtre qu'il avoit plus présente à l'esprit, que le mot *monstrum*. C'est une construction selon la pensée, et non selon les mots.

quels il se rapporte également, s'accorde très-bien avec celui qui suit.

Nota. Il est élégant de mettre l'adjectif-conjonctif à la tête de la proposition à laquelle il appartient, quel que soit le cas où on l'emploie.

Ex. La lettre que vous avez écrite a été lue; *quas scripsisti litteras lectœ fuerunt.* C'est comme s'il y avoit : *litteras quas litteras scripsisti*, etc.

Il n'est pas rare de trouver l'adjectif-conjonctif placé entre deux cas du même substantif.

GÉNITIFS.

Complément des noms substantifs.

I. *Liber Petri*, le livre de Pierre.

R. Lorsque deux noms, entre lesquels se trouvent *de*, *du*, *des*, placés de suite signifient des choses différentes, de manière que l'une se dise de l'autre, le second se met au génitif.

Ex. La bonté de Dieu; *bonitas Dei.* Les deux substantifs signifient des choses différentes; la terminaison *Dei* fait voir de quelle bonté il s'agit : le génitif sert donc à *déterminer* le substantif exprimé ou sous-entendu qui le précède.

Ainsi, *hic liber est Petri*, est pour: *hic liber est liber Petri.* Ce livre est le livre de Pierre.

La ville de Rome; *urbs Romœ.* (1)

---

(1) Aussi bien qu'*urbs Roma.* Cicéron a dit : *in oppido Antiochiæ;* et Virg. *celsam Butroti ascendimus urbem.*

Souvent au lieu du génitif on se sert d'un adjectif.

Ex. La bonté de Dieu, T. la bonté divine; *bonitas divina.* — Le sénat de Rome; *senatus Romanus.*

Remarque. Le nom qui suit le *de*, exprimant une qualité bonne ou *mauvaise*, se met au génitif.

Ex. Un enfant d'un bon naturel; *puer egregiæ indolis.*

II. *Tempus legendi*, le temps de lire.

R. *De* entre un nom de *chose* et un infinitif français, se met au gérondif en **di**, (*nom substantif verbal* qui n'a qu'un genre, le *neutre*; et qu'un nombre, le *singulier.*)

Tempus legendi, équivaut à *tempus lectionis.*

R. Le gérondif en *di* sert donc à *déterminer* le substantif qui le précède; il garde aussi le même cas que le verbe d'où il sort.

Ex. Le temps de lire l'histoire, *tempus legendi historiam* (1).

Si le verbe latin a un *complément direct*, on fait accorder le participe en *dus*, *da*, *dum* en *genre*, en *nombre* et en *cas* avec le nom que l'on met au génitif.

Ex. Le temps de lire l'histoire, *tempus legendæ historiæ*; c'est-à-dire de l'histoire devant être lue.

Observation. Lorsque le substantif qui est devant

---

(1) On peut dire aussi : *tempus* legere *historiam ; legere* est ici au cas du *génitif.* (Voir l'art. VIII des notions préliminaires.)

César a dit : *consilium capit* dimittere *equitatum ;* il prend la résolution de renvoyer la cavalerie.

l'infinitif français est précédé de ces mots : *c'est*, *c'étoit*, *ce sera*, et que cet infinitif peut servir de sujet à la phrase, en la renversant, on l'emploie comme *nominatif*, et c'est alors la règle de *Deus est sanctus.*

Ex. C'est un plaisir de chasser, T. chasser est un plaisir; *Venari voluptas est.* — C'est le temps d'étudier; comme on ne peut pas tourner raisonnablement par *étudier est le temps*, on met : *tempus est studendi* ou *studii.*

Génitif, complément d'Adjectifs.

III. *Avidus laudum*, avide de louanges.

Les adjectifs *avidus*, avide; *cupidus*, qui désire; *lassus*, fatigué; *expers*, qui manque; *peritus*, habile dans; *patiens*, qui souffre; *memor*, qui se souvient; *immemor*, qui ne se souvient pas; *securus*, tranquille; *studiosus*, passionné, qui a du goût pour; *impotens*, qui n'est pas maître de; *plenus*, plein, etc. sont suivis du *génitif.*

Ex. Habile dans la musique; *peritus musicæ*; plein de vin, *plenus vini*; jaloux du bien d'autrui, *appetens alieni* (*boni*).

IV. *Cupidus* (1) *videndi urbem*, jaloux, curieux de voir la ville.

---

(1) En mettant un génitif après un adjectif, les Latins ont imité les Grecs qui employoient ce génitif comme complément d'une préposition qui devoit être suivie de ce cas. *Cupidus videndi* est donc un *hellénisme* ou une façon de parler empruntée des Grecs.

Les adjectifs *avide*, *curieux*, etc., suivis d'un infinitif français, ont leur complément au gérondif en *di*.

V. *Similis patris*, semblable au père.

Le complément des adjectifs *similis*, semblable; *æqualis*, égal; *affinis*, allié *ou* parent, se met au génitif.

Ex. Allié au Roi, *affinis Regis*.

(On verra plus loin que ces adjectifs ont aussi leur complément au datif.

Dont, de qui, duquel, desquels, etc.

VI. *Deùs cujus providentiam miramur, est optimus*; Dieu, *dont* nous admirons la providence, est très bon.

R. *Dont*, *de qui*, *etc.*, étant toujours le complément ou du substantif ou de l'adjectif ou du verbe qui le suit, en prend toujours le cas.

Ex. Les étoiles dont je considère l'éclat, sont très-hautes; T. des étoiles sont très-hautes, *et* je considère l'éclat *de elles* : rendez *et earum* par *quàrum*. (Voir l'art. III des notions prélimin.)

Stellæ quarum splendorem considero, sunt altissimæ.

Superlatif français suivi par de, du, des.

VII. *Altissima arborum*, le plus haut des arbres.

R. Le superlatif, étant un adjectif, s'accorde toujours avec un substantif exprimé ou sous-entendu : ainsi, *altissima àrborum* est pour *altissima arbor in numero arborum.* (R. *liber Petri.*)

Le plus riche de la ville, c'est-à-dire, le plus riche homme... ; *ditissimus* (homo) *urbis.*

Un des soldats, *unus militum.* (supp. *miles* et *in numero.*)

VIII. *Validior manuum*, la plus forte des deux mains.

Quand on ne parle que de deux objets que l'on compare, on n'exprime point le mot *deux*, et on rend le *superlatif* français par le *comparatif* latin.

Ex. La plus grande de vos deux sœurs; *major tuarum sororum.*

IX. *Maximè omnium* (hominum) *pius*, le plus pieux de tous.

Quand l'adjectif latin manque de superlatif, on le supplée par *maximè* avec le *positif.*

Remarque. On appelle noms *partitifs* ceux qui marquent la partie d'un plus grand nombre, comme : *unus*, *quis*, *nemo*, *aliquis*, etc. ; ils sont suivis du même cas que le superlatif.

Ex. Un des amis, *unus amicorum* (suppléez *amicus in numero.*); personne de nous, *nemo nostrûm.*

Quand le superlatif français est *absolu*, il faut ajouter *quisque* au superlatif latin.

Ex. Les plus honnêtes gens l'aiment, *optimus quisque illum amat.*

DATIFS.

Adjectif dont le complément est au datif.

I. *Id mihi utile est*, cela m'est utile.

R. On met au datif le *nom* ou pronom auquel on *donne*, on *attribue* et même on *ôte* quelque chose.

Les adjectifs *assuetus*, accoutumé à; *commodus*, avantageux à ou pour; *aptus* ou *idoneus*, propre à; *infensus* et *iratus*, irrité contre, ont leur complément au *datif* ou cas d'*attribution*.

Ex. Corps accoutumé au travail; *corpus assuetum labori*.

L'infinitif français, précédé de ces adjectifs, se met au gérondif en *do*.

Ex. Corps accoutumé à souffrir le travail; *corpus assuetum patiendo laborem*, ou mieux *patiendo labori*, avec le participe en *dus*, *da*, *dum* qu'on fait accorder avec le substantif.

Adjectif dont le complément est au datif *ou au* génitif.

II. Les adjectifs *similis*, *par*, *æqualis*, *affinis*, peuvent avoir indifféremment leur complément au *datif* ou au *génitif*.

Ex. *Similis patri* ou *patris*; semblable à son père. *Affinis regi* ou *regis*; allié au roi.

Complément indirect de certains verbes.

DATIFS.

Defuit officio, il a manqué à son devoir.

I. Les composés du verbe *sum* ont leur complément au datif, excepté *absum*, comme on le verra plus loin.

Ex. Il étoit présent à ce spectacle, *aderat huic spectaculo.*

II. Avec le verbe *sum* employé pour signifier *avoir*, le nom de la personne se met au *datif.*

Ex. J'ai un livre; T. un livre est à moi, *liber est mihi.*

III. Les trois verbes *imminere*, *impendere*, *instare*, qui signifient *menacer*, ont leur complément au *datif*, et ne s'emploient que quand ils ont pour nominatif un nom de *chose.*

Ex. Un grand malheur nous menace, *magna calamitas nobis imminet*, *impendet*, *instat.*

Mais si le verbe *menacer* a pour nominatif un nom de personne, il s'exprime par *minari* avec le datif.

Les verbes déponents *irasci*, se fâcher; *opitulari*, secourir; *blandiri*, flatter; *gratulari* (1), féliciter, ont leur complément au datif, parce qu'il est indirect en latin.

Ex. Il vous flatte, *tibi blanditur*; il nous menace, *nobis minatur.*

---

(1) *Gratulari* est pour *gratulationes ferre*; *opitulari*, pour *opem ferre*; *blandiri* pour *dare blanditias*, etc. *alicui.*

IV. Les verbes *accidit*, *evenit*, *contingit*, il arrive; *conducit*, *expedit*, il est avantageux; *placet*, il plaît, s'emploient avec le datif de la personne.

Ex. Ce malheur m'est arrivé, *hæc calamitas mihi accidit*; cela vous est avantageux, *id tibi expedit*. (*negotium*). *Accidit* se prend en mauvaise part.

V. *Est mihi hortus*, j'ai un jardin.

Après quelques verbes, tels que *sum*, *do*, *habeo*, *verto*, *puto*, *tribuo*, on met deux datifs, l'un de l'objet auquel la chose est attribuée, l'autre de l'intention à laquelle on la rapporte.

Ex. Cela vous fera honneur, *id erit tibi honori*; c. à d., cela sera à honneur à vous.

Il me blâme de ma négligence, *vitio vertit mihi meam negligentiam*; mot à mot : il tourne à vice à moi ma négligence.

VI. *Ire obviam alicui*, aller au-devant de quelqu'un; mot à mot : aller à la rencontre pour quelqu'un, de quelqu'un.

J'ai rencontré votre ami; T. votre ami est venu au-devant de moi, *tuus mihi obviam ivit* ou *occurrit amicus*.

J'ai répondu d'avance à cette objection, *huic rationi occurri*. J'ai rencontré mon père, *occurrit mihi pater meus*.

VII. *Studeo grammaticæ*, j'étudie la grammaire.

R. La plûpart des verbes neutres ont leur complément *direct* en français, et *indirect* en latin. *Studeo* est composé de *studium do*, je donne mon application, mon étude à...

Nous favorisons les honnêtes gens, *favemus viris probis* (*sumus favor*).

Il m'a satisfait ; T. il a fait assez pour moi, *satisfecit mihi*, ou *satis mihi fecit*.

Les plus honnêtes gens le favorisent ; T. : chacun, le meilleur, le plus parfait le favorise, *optimus quisque illi favet*.

Complément des verbes actifs et de déponents.

DATIFS et ACCUSATIFS.

I. *Do panem pauperi*, je donne du pain au pauvre.

R. Les verbes qui signifient *donner*, *dire*, *promettre*, *envoyer*, etc., ont, outre leur complément direct, qui se met à l'accusatif, un complément indirect, marqué en français par *à*, *au*, *aux*, qui se met en latin au *datif*.

Ex. Dieu nous a donné la vie, *Deus vitam nobis dedit*.

II. *Minari mortem alicui*, menacer quelqu'un de la mort. *Minari*, composé de *minas facere*, faire des menaces, n'a point de complément direct ; par conséquent *mortem* est le complément d'une préposition sous-entendue, qui est *ad* ou *secundum* (1). Faire des menaces à quelqu'un (*ad*) touchant la mort.

---

(1) Cette raison est bonne pour les enfans à qui on apprendra plus tard que les Latins sont convenus de mettre à l'accusatif l'*objet direct* ; c'est par cette raison qu'ils disoient : *me miserum ! me infelicem !* sans sous-entendre *habeo*, *sentio*.

Féliciter quelqu'un d'une victoire, *gratulari victoriam alicui;* mot à mot : porter, faire des félicitations à quelqu'un *touchant* ou *sur* une victoire.

III. *Doceo pueros grammaticam*, j'enseigne la grammaire aux enfants.

R. Les verbes *docere*, instruire; *rogare*, prier; *monere*, avertir; *celare*, cacher, se construisent avec deux accusatifs; celui de la *chose* est le complément de la préposition *ad* ou *secundum* sous-entendue.

Nota. Le verbe *docere* signifie littéralement en latin *doctum facere*, rendre savant, instruire. Ainsi *doceo grammaticam pueris*, signifieroit : je rends savante la grammaire aux enfants. *Doceo* ou *doceor* ne peut donc avoir pour nominatif qu'un *nom de personne.* Ex. La grammaire est enseignée aux enfants; T. les enfants sont instruits sur la grammaire, *pueri docentur grammaticam.* Les enfants à qui l'on enseigne la grammaire; T. qui sont instruits sur la grammaire. La grammaire qu'on enseigne aux enfants; T. sur laquelle les enfants sont instruits, *grammatica QUAM docentur pueri...*

Il m'a prié d'une chose, il m'a demandé une chose, *unum me rogavit (negotium).*

Je les avertis de cela; T. touchant cela, *hoc eos moneo (secundum hoc negotium).*

IV. *Mitto tibi*, ou *ad te*, *epistolam*, je vous envoie une lettre. Les trois verbes *mitto*, j'envoie; *scribo*, j'écris; *fero*, je porte, ont leur complément indirect au *datif* ou à l'*accusatif* avec *ad*. Ex. Je vous porterai des gâteaux, *placentas tibi*, ou *ad te*, *feram.*

V. *Deus nos amat nobisque favet*, Dieu nous aime et nous favorise.

R. Quand deux verbes n'ont qu'un complément *direct* en français, tandis que les mêmes verbes en ont deux différents en latin, il faut mettre le nom au cas du premier verbe, et se servir d'un des adjectifs pronominaux *is*, *ille*, *ipse*, pour les mettre au cas du second.

Ex. Nous chérissons et nous favorisons les enfants sages, *diligimus pueros sapientes illisque favemus.*

Complément indirect de certains verbes accompagnés de la préposition ad.

I. *Hæc via ducit ad virtutem*, cette voie mène à la vertu.

Quand un verbe renferme quelque espèce de mouvement, comme *conduire à*..., ou une inclination vers quelque chose, comme *exhorter à*..., *pousser*, *exciter*, *engager à*..., il a son complément *indirect* à l'accusatif avec *ad*.

Ex. Nous exhortons les enfans au travail, *hortamur pueros ad laborem.*

Je vais à la ville, *eo ad urbem*; à la messe, *ad missam.*

II. *Te hortor ad legendum*, je vous exhorte à lire. (*Legendum* est un véritable accusatif qui conserve le complément de son verbe; il tient lieu de *lectionem.*)

Si le verbe qui suit *hortor* a un complément *direct* en latin, il vaut mieux se servir du participe en *dus*, *da*, *dum*, qu'on fait accorder avec le nom.

Ex. Je vous invite à lire l'histoire, *te hortor ad legendam historiam.*

III. *Damnare aliquem ad molam*, condamner quelqu'un à la meule, à tourner la meule; aux galères, *ad triremes.*

Pertinet, Spectat, Attinet.

IV. *Hic liber pertinet ad me*, ce livre m'appartient.

Les trois verbes *pertinere*, appartenir; *attinere*, *spectare*, regarder, concerner, avoir rapport, ont le nom de la personne à l'accusatif avec *ad.*

Ex. Cette affaire nous regarde, nous concerne, nous touche, *illud negotium spectat* (ou *attinet*) *ad nos.*

Avec les verbes *refert* et *interest*, (il importe), ayant pour complément un nom de chose, on met ce complément à l'accusatif avec *ad.*

Ex. Cela concerne notre honneur, importe à notre honneur, l'intéresse, *hoc spectat*, *refert* ou *interest ad nostrum honorem.*

Adjectifs dont le complément se met à l'accusatif avec ad.

V. *Propensus ad bonitatem*, porté à la bonté.

Propensus, *proclivis*, *pronus*, porté à..., *natus*;

né pour..., et tous les adjectifs qui marquent un penchant ou une inclination à quelque chose, ont leur complément à l'accusatif avec *ad.*

Ex. Esprit qui se porte à l'étude, *ingenium proclive ad studium.*

Les adjectifs *utilis*, utile; *facilis*, facile, et leurs composés, *mirabilis*, admirable, etc., ont aussi leur complément à l'accusatif avec *ad.* Ex. Homme qui n'est utile, qui n'est bon à rien, *homo ad nullam rem utilis.*

VI. Quand les adjectifs *pronus*, *proclivis*, *propensus*, *facilis*, *natus*, etc., sont suivis d'un infinitif précédé de *à* ou *pour*, on met cet infinitif au gérondif en *dum.*

Ex. Prompt à se fâcher, *pronus ad irascendum;* né pour combattre, *natus ad prœliandum; facilis ad dicendum*, qui a le talent de la parole; porté à secourir, *propensus ad opitulandum.*

ABLATIFS AVEC PRÉPOSITION.

Complément des verbes passifs.

I. *Amor à Deo*, je suis aimé de Dieu.

R. Le complément des verbes passifs se met à l'ablatif avec *à* ou *ab*, ou *abs*, quand c'est un nom d'être animé.

(*A* se met devant une consonne; et *ab* ou *abs* devant une voyelle et devant *j*, *h*, *r*, pour éviter l'*hiatus* ou bâillement.)

Il est loué par tout le monde, *ab omnibus laudatur.*

II. Quand le complément du verbe passif est un nom de *chose*, il se met à l'ablatif sans préposition.

Ex. Nous sommes dévorés de chagrins, *ærumnis cruciamur.*

R. Avec les verbes *videor*, *probor* et *improbor*, et les participes en *dus*, *da*, *dum*, on met le nom au *datif* plutôt qu'à l'ablatif avec la préposition.

Ex. Cette conduite n'est approuvée ni de vous ni de moi, *hæc agendi ratio neque mihi neque tibi probatur.*

Nous devons pratiquer la vertu, *nobis virtus colenda est.*

Complément des verbes actifs.

III. Les verbes *apprendre de* ou *par*, *s'informer de* ou *auprès de*, *délivrer de*, *racheter de*, *éloigner*; *ôter*, *séparer*, *détourner de*, *etc.*, ont leur complément indirect à l'ablatif avec *à* ou *ab*, ou *è* ou *ex.*

Ex. J'ai su, j'ai appris par mon père.... ; *audivi, accepi à patre meo....*

Délivrer quelqu'un du danger ; *liberare aliquem à* ou *è periculo*, ou *periculo* sans préposition.

J'ai appris, j'ai connu, j'ai su par votre lettre, c'est-à-dire d'après votre lettre ; *ex litteris tuis cognovi.*

(Après *cognoscere* il faut toujours employer *è* ou *ex.*)

IV. *Admonui eum de periculo* ou *periculi*; je l'ai averti du danger.

(*Periculi* est ici au *génitif*, parce que *de causâ* est sous-entendu. Plût à Dieu que j'eusse été informé de votre dessein; *utinam factus essem tui consilii certior* (de causâ tui consilii.)

V. Le complément indirect des verbes *recevoir*, *emprunter*, *acheter*, *espérer*, *attendre*, *obtenir*, *demander*, se met à *l'ablatif* avec *à* ou *ab*.

Mais si le complément indirect du verbe *recevoir* est un objet inanimé, il prend *è* ou *ex*.

Il en est de même des verbes *allumer à*, *juger à*, *puiser à*, et des verbes qui expriment une extraction soit au propre, soit au figuré.

Ex. J'ai emprunté des livres à mon ami; *mutuatus sum libros ab amico meo*.

J'ai reçu un grand plaisir de votre lettre; *magnam ex tuis litteris cepi voluptatem*.

Puiser de l'eau à une fontaine; *haurire aquam ex fonte*.

Allumer un flambeau à l'autel de Jupiter; *ex arâ Jovis facem accendere*.

Remarque sur *absum*.

C'est le seul des composés du verbe *sum* dont le complément soit à l'ablatif avec *à* ou *ab*. Ex. Il s'est absenté de classe; *à scholâ abfuit*.

Complément de substantifs avec préposition.

VI. Tour haute comme une montagne; *turris ad instar montis*, ou *montis instar*, sans préposition.

(*Instar* est un substantif indéclinable qui signifie *ressemblance. Vallis ad instar*, Justin.)

Altissima ex arboribus, *inter arbores* ou *arborum*; le plus haut des arbres. (Voir l'art. VII de la règle *liber Petri.*)

La plus belle des fleurs, *pulcherrimus inter flores*, *ex floribus* ou *florum*. — Un de mes amis; *unus ex amicis*, etc.

De tous les vices c'est la paresse qui est le plus grand : Tourn. la paresse est le plus grand.... *ex omnibus vitiis* ou *inter omnia vitia maximum est pigritia.* (supp. *vitium.*)

Complément des verbes sans préposition.

VII. Les verbes exprimant *abondance*, *disette* et *privation*, ont leur complément indirect, (indiqué par *de*) à l'ablatif sans préposition.

Ex. Il regorge de biens, *abundat divitiis*.

Remarque. La chose dont on *jouit*, dont on s'*sert*, dont on *s'acquitte*, dont on *se rend maître*, dont on *se nourrit*, dont on *se vante* ou *glorifie*, et dont on *se réjouit*, ou dont on *est fâché*, etc. se met à l'ablatif sans préposition, ainsi que le complément des verbes passifs, quand il n'est pas un objet animé.

Ex. Il s'acquitte de son devoir; *fungitur officio.*

Remplir une tasse de vin pur; *implere pateram mero.* (Supp. *vino.*)

Dépouiller quelqu'un de ses armes, *nudare aliquem armis.*

VIII. Les verbes *accuser*, *condamner*, *convain-*

cre, *absoudre* ont leur complément indirect à l'ablatif sans préposition; mais mieux au génitif en sous-entendant *causâ* ou *crimine*.

Ex. Accuser quelqu'un de vol; *insimulare aliquem furto* ou *furti*.

Les verbes *accuser*, *condamner*, suivis d'un infinitif, s'expriment, le premier par *arguere*, et le second par *jubere* qui signifie *ordonner* et que l'on tourne par le passif. *Il reçut l'ordre de.....*

Ex. Il est accusé d'avoir volé; *arguitur subripuisse*.

Il fut condamné à sortir; *jussus est exire*, il reçut l'ordre de sortir.

Complément du substantif opus, *besoin*.

IX. *Mihi opus est pecuniâ*, j'ai besoin d'argent.

R. *Opus*, signifiant *besoin*, est un substantif neutre et indéclinable qui s'emploie avec le verbe *être* au lieu du verbe *avoir*.

L'objet dont on a besoin se met à l'*ablatif* sans préposition, et celui qui a besoin, au *datif*.

Ex. J'ai besoin de votre secours, T. besoin est à moi de....., *auxilio mihi opus est*.

R. *Opus* s'emploie aussi comme adjectif.

Ex. Nous avons besoin d'amis, *amici nobis opus sunt*; d'un chef, *dux nobis opus est*. Cic.

R. Après *opus est* on peut employer le participe passé du verbe suivant et le faire accorder avec le complément exprimé, ou sous-entendu, pourvu qu'il soit *direct* en latin.

Ex. Il est besoin de consulter, *opus est consulto.* (negotio)

J'ai besoin d'aller trouver votre père, *mihi opus est tuo patre convento.*

X. *Interdico tibi domo meâ*, je vous défends, je vous interdis ma maison.

(*Domo meâ* n'est pas le complément d'*interdico*, mais il est celui du verbe *uti* sous-entendu.)

Le médecin m'a interdit le vin, *medicus vino mihi interdixit*; c'est-à-dire, de faire usage du vin, *uti vino.*

Adjectifs dont le complément est sans préposition.

XI. Les adjectifs *prœditus*, doué de.....; *contentus*, content de...; *dignus*, digne de...et son composé; *plenus*, plein; *vacuus*, vide, et *nudatus*, privé de...., etc. ont leur complément à l'ablatif sans préposition.

Ex. Doué de vertu ou vertueux, *virtute prœditus.*

(Vertueux ne se dit pas d'un seul mot en latin ; il faut le rendre par : *virtute prœditus.*)

Enfant d'un bon naturel, *puer egregiâ indole prœditus*, ou *egregiâ indole* sans préposition, ou enfin, *egregiœ indolis.*

Plein de vin, *plenus vino.*

(On trouve quelquefois *dignus* et *plenus* avec le génitif.)

Pronoms me, te, se, nous, vous, le, la, les, en, y.

I. Ces *pronoms* se mettent au cas du verbe ou de l'adjectif auquel ils se rapportent.

Ex. Il m'a obéi, T. il a obéi à moi; *mihi paruit.*

Je vous donnerai une balle, *pilam tibi dabo.* Vous nous aimez, *nos amas.* Vous nous favorisez, *nobis faves.*

II. *Le, la, les* s'accordent en *genre* et en *nombre* avec le nom auquel ils se rapportent, et se mettent toujours au *cas* du verbe suivant.

Ex. Je vous ai promis des osselets, je vous les donnerai; *tibi promisi ossicula, hæc tibi dabo.*

Le, n'étant précédé d'aucun nom auquel il se rapporte, se tourne par *cela*, qu'on exprime par *hoc, id, illud.*

Ex. Je le ferai volontiers, *libenter illud agam.* (negotium).

III. *Lui, leur* signifiant *à lui, à eux*, prennent toujours le cas du *verbe* ou de l'*adjectif*, dont ils sont le complément.

Ex. Vous lui direz, T. vous direz à lui, *ei dices.*

Cela leur est facile, *id illis facile est* (negotium).

IV. *En*, signifiant *de lui, d'elle, d'eux, d'elles*, est toujours le complément indirect d'un *verbe*, d'un *adjectif* ou d'un *nom.*

Ex. J'ai vu votre maison et j'*en* ai admiré la

beauté, c'est-à-dire d'*elle*, *vidi tuam domum et illius pulchritudinem miratus sum.*

J'aime cet enfant et j'*en* suis aimé, T. je suis aimé par lui, *hunc puerum diligo et ab eo diligor* (*eo puero.*)

V. *Y*, signifiant *à lui*, *à elle*, *à eux*, *à elles*, se met au cas du verbe suivant.

Ex. Cette affaire me touche, j'y donnerai mes soins; *id ad me attinet*, *huic operam dabo.* (rei.)

(Voir *en*, *y* aux compléments de *tendance*, de station et de retour.)

VI. *Se* s'exprime par *suî*, *sibi*, *se*; il devient le complément du verbe, du substantif ou de l'adjectif qui le suit, quand le nominatif est un objet animé qui fait sur lui-même l'action marquée par le verbe.

Ex. L'orgueilleux se loue (c'est lui qui se loue lui-même), *superbus se laudat*, ou *seipse laudat* et non pas *ipsum. Amans suî*, qui s'aime.

Ipse se rapporte toujours au nominatif, quoique le nom ou pronom soit à un autre cas; mais si le pronom *même* ne se rapporte pas au nominatif du verbe, il s'accorde avec le nom ou pronom auquel il est joint.

Ex. Le temps ronge le fer même, *tempus ferrum ipsum exedit.*

Si le pronom *se* a rapport à un nominatif d'objet inanimé ou même animé, qui ne fasse pas sur lui-même l'action que marque le verbe, on tourne la phrase par le passif.

Ex. Ce mot se trouve dans Pline, T. est trouvé.... *vox illa apud Plinium invenitur.*

Je ne m'étonne pas de tes menaces, (comme je ne m'étonne pas moi-même), T. je ne suis pas étonné... *minis non moveor tuis.*

(Il faut excepter les trois phrases suivantes dont les nominatifs sont regardés comme objets animés.)

La chose se passe ainsi, *res ità se habet.*

Le poison se glisse dans les veines, *venenum se se in venas insinuat.* L'occasion se présente, *se dat occasio.*

Quand *se* a rapport à deux nominatifs qui font l'un sur l'autre l'action que marque le verbe, on ajoute au pronom *suî, sibi, se*, l'adverbe *invicem*, à moins que *se* ne se trouve être le complément d'une préposition.

Ex. Pierre et Jean se louent (réciproquement, l'un l'autre), *Petrus et Joannes se invicem laudant*; ils se battent, *inter se pugnant.*

Son, sa, ses, signifiant *de lui, d'elle, d'eux.*

I. Quand *son, sa, ses* se rapportent tout à la fois au sujet et à l'objet d'un seul verbe, ils s'expriment par *suus, a, um*; et quand ils ne s'y rapportent pas, ils s'expriment par *ejus, illius, eorum, earum*, etc.

Ex. Le père aime ses enfants. *D.* les enfants de qui? *R. Du père. D.* Qui est-ce qui aime? *R. Le père.* comme on répond deux fois le mot *père*, on se sert de *suus, a, um. Pater amat suos liberos.*

Mais il déteste leurs vices. *D.* Qui est-ce qui déteste? *R. le père. D.* Les vices de qui? *R. des enfants.* Comme on ne répond point par le même mot, on dira : *at eorum vitia detestatur.* Les avares enterrent leurs trésors. *D.* Qui est-ce qui enterre ? *R. les avares. D.* Les trésors de qui ? *R. Des avares.* Le mot des réponses étant le même, dites : *avari suos thesauros infodiunt.* Nous fuyons leur compagnie, *fugimus societatem eorum.*

II. *Son*, *sa*, *ses*, au commencement d'une phrase et joint au nominatif, s'exprime par *ejus* ou *illius*, et *leur*, *leurs* par *eorum*, *earum*, quand le verbe suivant n'est pas précédé de *le*, *la*, *les*, *lui* ou *leurs*.

Ex. Son sentiment fut rejeté de tout le monde, *ejus sententia fuit ab omnibus explosa* (hominibus).

Mais quand *son*, *sa*, *ses* ou *leurs* sont suivis de *le*, *la*, *les*, *lui*, *leur*, ou d'un nom auquel ils se rapportent, ou bien sont précédés d'un *que* adjectif-conjonctif, ils s'expriment par *suus*, *a*, *um*, qu'on met immédiatement avant les pronoms *le*, *la*, *les*, etc.

Ex. Sa paresse l'a rendu ignorant, *sua eum pigritia fecit ignarum.*

L'écolier que son zèle rend recommandable.....
Discipulus quem suum commendat studium.....

Je rendis ou tu rendis à César son épée., *suum Cæsari gladium restitui*, ou *restituisti.*

(*Suus*, *a*, *um* ne pouvant jamais se rapporter à un nominatif de première ou de seconde personne, on peut mettre *suum gladium.* S'il y avoit : il rendit à César....., et qu'on mît : *suum gladium restituit*, il y auroit alors *amphibologie*). Il faudroit dire : *Cæsaris gladium ipsi restituit.*

(On ajoute en latin *suus*, *a*, *um* au nominatif, quand le sujet du verbe français est suivi d'un complément et de *le*, *la*, *les*. Ex. L'ambition de cet homme le perdra, T. son ambition perdra cet homme, *sua hominem perdet ambitio*.

(Voir *il*, *le*, *la*, *les*, *lui*, *leur*.)

DU COMPARATIF.

I. *Doctior Petro*, plus savant que Pierre.

R. Après le comparatif, quand il n'est exprimé que par un *seul mot*, le nom suivant se met à l'ablatif en sous-entendant *præ* (en comparaison de) qui tient lieu du *que* supprimé.

Ex. La sagesse est plus précieuse que les richesses, *sapientia divitiis pretiosior est*.

Le *que* après le comparatif peut s'exprimer par *quàm*, en mettant après le même cas que devant.

La vertu est meilleure que la science, *melior est virtus quàm scientia*.

Je ne connois personne pire que lui, *neminem*(1) *novi pejorem quàm illum*. (suppléez *novi*.)

Vous ne trouverez personne plus propre que moi, c'est-à-dire plus propre que je ne suis; *magis idoneum, quàm ego sum, reperies neminem*. Cic.

(Au lieu de *quàm me*, et en suppléant *idoneus* après *sum*.)

II. *Salubrior quàm dulcior*, plus salutaire que

(1) *Nemo* est pour *non homo*, *nullus homo*.

doux. *Feliciùs quàm prudentiùs*, plus heureusement que prudemment.

On exprime toujours le *que* du comparatif, suivi d'un adjectif ou d'un adverbe, et l'on met cet adjectif et cet adverbe au comparatif et au même cas que le premier.

Ex. Ils envoyèrent un général plus hardi que sage, *miserunt ducem audaciorem quàm sapientiorem*.

III. *Magis pius est quàm tu* (es), il est plus pieux que vous.

Si l'un des deux adjectifs ou adverbes n'a point de comparatif, on exprime plus par *magis*, moins par *minus*, et toujours le *que* par *quàm* avec même cas après que devant.

Ex. Le vin est moins nécessaire que l'eau, *vinum est minus necessarium quàm aqua*. (est necessaria).

IV. *Majori virtute prœditus*, plus vertueux.

Quand l'adjectif français ne peut se rendre que par deux mots latins (un adjectif et un nom), il faut substituer à *plus* l'adjectif *major*, plus grand; et à moins l'adjectif *minor*, moindre ou plus petit, que l'on fait accorder le nom.

Ex. Il est moins vertueux que vous, *minori virtute prœditus est quàm tu* (es).

Plus sage, *sapientior* ou *majori sapientiâ ornatus*.

V. *Doctior est quàm putas*, il est plus savant que vous *ne* pensez. (Le *ne* est un mot explétif qui ne s'exprime pas en latin.)

Le *que* après le comparatif, suivi d'un verbe, s'exprime toujours par *quàm*, et l'on met le verbe au même temps que marque le français.

Ex. Rien n'est plus honteux que de mentir, *nihil turpius est quàm mentiri.*

VI. ADVERBES DE QUANTITÉ devant un comparatif ou un verbe d'excellence comme : *excellere*, *præstare*, *superare*, l'emporter sur, *ou* surpasser; *malle* aimer mieux.

R. *Que* ou *combien* devant un comparatif ou un des verbes *excellere*, *præstare*, etc. s'expriment :

Que ou *combien*	par	*Quantò.*
Un peu	par	*Paulò.*
Bien, *beaucoup*	par	*Multò* ou *longè.*
Autant, *tant*	par	*Tantò.*

Ex. Qu'il est, ou combien il est plus sage ! *quantò sapientior est !* Un peu plus sage, *paulò sapientior.* Bien ou beaucoup plus sage, *multò sapientior.* Il l'emporte tant ou autant sur les autres, *tantò præstat aliis* (dat.) ou *inter alios.*

Remarque. Combien, *un peu*, *beaucoup*, *autant*, *plus* devant les adverbes *antè* et *post* (qui supposent comparaison), s'expriment de même.

Ex. Combien auparavant, *quantò* (1) *antè.* Un peu auparavant, *paulò antè.* Beaucoup auparavant, *multò antè.* Un peu plus, *paulò plùs.*

---

(1) *Quantò* et *multò* sont à l'ablatif, l'un de *quantus*, *a*, *um* combien grand, et l'autre de *multus*, *a*, *um* ; ainsi, *multò antè*, est pour : *in tempore multo*, dans un temps long.

Complément d'un verbe sur un autre.

I. *Volo legere*, je veux lire.

Quand deux verbes, dont le premier ne marque aucun *mouvement*, sont de suite ou ne sont séparés que par *à* ou *de*, le second se met à l'infinitif.

Ex. Il a coutume de babiller, *solet loquitari.*

Il fut condamné à se taire, *jussus est tacere.*

II. *Eo lusum*, je vais jouer.

Mais si le premier verbe marque *mouvement* pour aller ou venir en quelque lieu, le second se met au supin en *um*.

Ex. Il va se promener, *it ambulatum.*

Rem. Quand le second verbe n'a point de supin, on tourne la phrase par *pour*, qu'on exprime par *ad*, avec le gérondif en *dum.*

Ex. Je viens étudier; T. pour étudier, *venio ad studendum.*

(On peut tourner aussi par *afin que*, qui s'exprime par *ut* avec le subjonctif : ... afin que j'étudie, *venio ut studeam.*

III. *Redeo ab ambulando*, je reviens de me promener.

Lorsque deux verbes sont de suite, et que le premier signifie mouvement, non *pour aller* en quelque lieu, mais bien *pour en venir*, on met le second au gérondif en *do* avec *à* ou *ab.*

Ex. Je reviens de chasser, *redeo à venando*, ou *à venatione*.

Rem. Si le second verbe a un *complément direct*, on se sert mieux du participe en *dus*, *da*, *dum*; et alors on met le participe et le complément direct à l'ablatif avec *à* ou *ab* en les faisant accorder.

Ex. Je revenois de louer mes terres, *redibam ab agris locandis*.

IV. *Te hortor ad legendum*, je vous exhorte à lire. (Voir la règle *hæc via ducit ad virtutem*, pag. 24.)

V. *Consumit tempus legendo*, il passe son temps à lire.

Quant *à* devant un infinitif français peut se tourner par *en* et le participe présent, on met cet infinitif au gérondif en *do* avec ou sans la préposition *in*.

Ex. Il est exact à écrire, *impiger est scribendo*; à écrire des lettres, *in scribendo litteras*, et mieux, *in scribendis litteris*.

VI. *Dedit mihi libros legendos*, il m'a donné des livres à lire.

Quand *à* devant un infinitif français peut se tourner par *pour* avec l'infinitif passif, on se sert du participe en *dus*, *da*, *dum*, qu'on fait accorder avec le substantif.

Ex. J'ai des vers à lire, *mihi sunt carmina legenda*, ou *ad legendum*.

VII. *A* entre un adjectif et un infinitif français.

Mirabile visu, ou *res visu mirabilis*, chose admirable à voir.

R. Après les adjectifs *admirable à...*, *facile à...*, *difficile à...*, l'infinitif français se rend par le supin en *u*.

Ex. Chose difficile à trouver; T. à être trouvée, *res inventu difficilis*; ... à dire, *dictu*.

Si le verbe n'a point de supin, on en prend l'infinitif pour faire le nominatif de la phrase.

Ex. Ma leçon est difficile à étudier; T. étudier ma leçon est difficile. (Voir l'art VIII des not. préliminaires.) *Difficile est studere lectioni meæ*.

VIII. *Vidi eum ingredientem*, je l'ai vu entrer.

Après les verbes *voir*, *sentir*, *écouter*, *entendre*, *admirer*, l'infinitif français se met au participe du présent qu'on fait accorder avec le complément des verbes ci-dessus.

Ex. Je l'admirois danser, *eum saltantem mirabar*; ... parler, c. à d. parlant, *loquentem*.

De signifiant *afin que* après certains verbes.

I. R. Après les verbes *prier*, *conseiller*, *persuader*, *désirer*, *souhaiter*, *faire ensorte*, *commander*, *avoir soin*, *il faut*, *il est juste*, *il est nécessaire*, *il arrive*, *il importe*, et *de* ayant la signification de *afin que*, s'exprime par *ut* avec le subjonctif; et s'il s'y joint une négation, par *ut ne*, ou simplement *ne* en supprimant *ut*.

Ex. Je vous conseille de travailler, c. à d. afin que vous travailliez, *suadeo tibi ut labores*; .... de ne pas jouer, *ne ludas* (pour *ut non*).

Ayez soin de vous bien porter, *cura ut valeas* ; ... de ne pas tomber malade, *ne in morbum incidas.*

La mère vous prie de pardonner à son fils ; T. afin que vous pardonniez, *mater te orat ut filiolo ignoscas suo.*

J'écris à mon ami de me confier son affaire ; T. afin qu'il..., *ad amicum scribo ut mihi negotium committat suum.*

(Après *curare* on met également le participe du futur en *dus, da, dum,* si le verbe latin a un complément avec lequel on puisse le faire accorder.

Ex. J'aurai soin de vous faire remettre vos tablettes, *pugillaria ad te ferenda curabo.*

Après *oportet, volo, nolo, malo,* on met très-bien le participe passé en *us, a, um.*

Ex. Je veux vous avertir d'une chose, *unum te monitum volo* (*secundum unum negotium*).

Dites-lui, avertissez-le de prendre garde, *dic illi ut caveat* (afin qu'il prenne garde).

Je vous conseille, je vous conseillerai de venir ; T. afin que vous veniez, *tibi suadeo, tibi suadebo ut venias.*

Je vous conseillois, je vous ai conseillé, je vous avois conseillé de venir ; T. afin que vous vinssiez ; *tibi suadebam, tibi suasi, tibi suaseram ut venires.*

II. *Dignus est ut regnet*, il est digne de régner.

R. Après *mériter*, être digne, le *que* ou *de* s'exprime aussi par *ut* avec le subjonctif.

Ex. Je paroissois digne d'être votre épouse ; T. afin

que je fusse......, *ut conjux essem tua digna videbar.*

On peut dire aussi : *dignus est qui regnet*, pour dignus est *ut sit ille homo* qui regnet. (Le retranchement des mots soulignés forme ce qu'on appelle *ellipse.*)

Vous méritez qu'il vous favorise, *dignus es ut tibi faveat*, ou *cui faveat.* (*Ut sis ille cui...*)

Il mérite que je l'aime, *dignus est ut eum* ou *quem amem.* (*Ut sit ille quem...*)

Vous méritez qu'il vous rende service, *dignus es ut de te* ou *de quo benè mereatur.*

Il mérite que j'instruise son fils, *dignus est ut ejus filium doceam*, ou *dignus est cujus filium doceam.* (*Ut sit ille cujus...*)

Vous méritez que j'agisse ainsi, *dignus es ut sic agam*, et non pas *qui*, parce qu'on ne peut pas dire : vous méritez que je sois celui qui..., attendu qu'on ne peut pas mériter pour un autre.

Rem. Au lieu du supin en *um* après un verbe de mouvement, on peut tourner la phrase par *afin que.*

Ex. Je viens étudier ; T. afin que j'étudie, *venio ut studeam.*

Le capitaine engage ses soldats à combattre vaillamment ; T. afin qu'ils combattent..., *imperator hortatur* ou *accendit milites ut dimicent fortiter* ; ou mieux encore, *ad id ut dimicent*, au lieu de *ad dimicandum.*

Du Que *conjonctif entre deux verbes.*

Le *que* conjonctif ne peut pas se tourner par *lequel*, *laquelle*, etc.; il est placé entre deux verbes français, et ne s'exprime point en latin.

Ex. Je crois que vous pleurez ; T. je crois vous pleurer, *credo te flere.*

R. Après les verbes *savoir*, *penser*, *croire*, *être certain*, *affirmer*, *assurer*, *soutenir*, *prétendre*, *promettre*, *espérer*, *juger*, *nier*, etc. etc., on n'exprime pas le *que*, et on met le nom ou pronom qui suit à l'accusatif et le second verbe à l'infinitif.

Ex. Je crois que Dieu est saint; T. je crois Dieu être..., *credo Deum esse sanctum.*

Nota. Si le *que conjonctif* est suivi d'une phrase incidente, c. à d. d'un *qui* ou *que* adjectif conjonctif ou d'une conjonction, c'est sur le second verbe que tombe le *que conjonctif.* Ex. Tout le monde sait qu'un enfant (qui étudie) est aimé. *Qui étudie* est la phrase *incidente*, c. a d. qui *coupe* la phrase principale. *Nemo nescit puerum* (*qui studet*) *amari.* (*Nemo* et *nescit* forment deux négations qui se détruisent mutuellement et valent une affirmation.)

Je croyois, j'ai cru, j'avois cru qu'il lisoit ; T. lui lire, *credebam*, *credidi*, *credideram eum legere.*

Je vous ai dit que Phèdre étoit esclave; T. *avoir été* esclave, parce que Phèdre l'avoit été antérieurement au moment que je l'ai dit, *fuisse.*

Je ne crois pas qu'il lise (à présent); T. lui lire, *non credo illum legere.*

Je ne crois pas qu'il lise (dans tout autre temps qu'à présent); T. lui devoir lire, *non credo eum lecturum esse.*

Je crois qu'il a lu, qu'il avoit lu; T. lui avoir lu, *credo illum legisse.*

Je crois, je croirai qu'il lisoit; T. lui avoir lu, *credo, credam illum legisse.*

Je crois qu'il aura déjà dîné; T. lui avoir déjà dîné; *credo illum jàm prandisse.*

Je ne crois pas qu'il ait encore dîné; T. lui avoir déjà dîné; *non credo illum jàm prandisse.*

Je crois qu'il viendra demain; T. lui devoir venir, *credo illum cras venturum esse.*

Je ne crois pas qu'il vienne demain; T. lui devoir venir, *non credo illum cras venturum esse.*

Je croyois qu'il viendroit demain; T. lui devoir venir, *putabam eum cras venturum esse.*

Je crois qu'il seroit venu si...; T. lui avoir dû venir, *credo illum venturum fuisse...*

Je ne savois pas que vous fussiez arrivé; T. vous être arrivé, *nesciebam te advenisse.*

Je ne croyois pas, je n'ai pas cru, je n'avois pas cru que vous fussiez malade (à présent); T. vous être malade, *te ægrotare.*

Je ne crois pas, je ne croirai pas que vous fussiez malade (dans un temps passé); T. vous avoir été malade, *te ægrotavissse.*

Si je croyois que vous vinssiez; T. vous devoir venir, *si putarem te brevi venturum esse...*

(Après *si* dubitatif on met le subjonctif.)

Première Observation. Si le verbe qu'on doit mettre à l'un des deux futurs de l'infinitif, n'en a point en latin, c. à d. manque de *supin*, exprimez,

1°. Le *futur de l'indicatif* et le *présent du subjonctif* par *fore ut* ou *futurum esse ut*, avec le présent du subjonctif;

2°. L'imparfait du subjonctif, par *fore ut* ou *futurum esse ut*, avec l'imparfait du subjonctif.

3°. Le plusque parfait du subjonctif, par *futurum fuisse ut*, avec l'imparfait du subjonctif.

Ex. J'espère que vous étudierez; T. devoir être que vous étudiiez, *spero fore ut studeas.*

Je croyois que vous étudieriez; T. devoir être que vous étudiassiez, *credebam fore ut studeres.*

Je croyois que vous auriez pu venir plus tôt; T. avoir dû être que vous pussiez venir....., *putabam futurum fuisse ut posses venire citiùs.*

Rem. On peut se servir de *fore ut* avec le parfait du subjonctif, pour exprimer, soit le *futur passé*, soit le parfait du subjonctif, quand ils indiquent l'avenir.

Ex. Vous croyez qu'il aura bientôt écrit, *credis fore ut brevì scripserit.*

Je ne présume pas qu'il ait sitôt achevé son devoir, *non opinor fore ut tàm citò suum pensum confecerit.*

Seconde Observation. Après les verbes *croire*, *espérer*, *promettre*, *menacer*, *se souvenir*, etc., suivis d'un infinitif français, on tourne la phrase de la manière suivante :

Je crois avoir vu; T. je crois moi avoir vu, *crèdo me vidisse.*

Vous croyez être, vous vous croyez savant; T. vous croyez vous être..., *credis te esse doctum.*

Je me souviens d'avoir lu : T moi avoir lu, *memini me legere* (1), plutôt que *legisse.*

Dites-lui, avertissez-le que je suis arrivé; T. moi être arrivé, *dic illi, mone illum me advenisse.*

Après *dire, avertir, persuader, écrire*, on n'exprime pas le *que* en latin quand il ne peut pas se tourner par *de.*

On le retranche également après *jubere*, commander, et le verbe suivant se met au présent de l'infinitif.

Ex. Il commanda qu'on l'étranglât, *jussit eum strangulari.*

Je crois qu'il faut lire; T. je crois lire *falloir*, c. à d. être une chose nécessaire, *puto oportere legere.*

Legere est pris ici pour le cas de l'accusatif. (Voir l'art. 8 des notes préliminaires.)

Changement de l'actif en passif.

Vous dites que Pierre aime Paul, *dicis Petrum amare Paulum.*

(Comme on peut mettre en latin le complément avant ou après le verbe, on pourroit traduire la phrase latine par : *je crois que Paul aime Pierre.*)

---

(1) On ne traduiroit pas *memini me legere* par je me souviens que je lis, parce qu'on ne se *souvient* que d'une chose *passée.*

Pour éviter l'amphibologie dans ces sortes de phrases, on tourne l'*actif* en passif, de la manière suivante : vous dites Paul être aimé de Pierre, *dicis Paulum à Petro amari.*

Je sais que Dieu aime les hommes; T. les hommes être aimés..., *scio homines à Deo amari.*

Changement du passif en actif.

Quand un verbe passif français est *neutre* ou *déponent* en latin, il faut changer le passif en actif, en renversant la phrase.

Ex. Je crois que je suis favorisé de la fortune; T. que la fortune me favorise, *credo fortunam mihi favere.*

Je sais que sa science est admirée de tout le monde; T. que tout le monde..., *scio omnes ejus scientiam admirari.*

(Ces deux verbes n'ont point de passif.)

Rem. Quand le verbe n'a point de complément dont on puisse faire le sujet de la phrase, on sous-entend le mot *homines*, et l'on met le verbe à la troisième personne. Ex. Cicéron étoit admiré, *admirabantur Ciceronem.* Mais s'il y avoit : Je sais que Cicéron étoit admiré, il faudroit, pour éviter l'amphibologie, employer un autre verbe que *mirari*, et dire : Je sais que Cicéron s'attiroit l'admiration, *scio Ciceronem sibi admirationen paravisse.* (S'attiroit, c. à d. à soi.)

Des pronoms il, le, la, lui, leur, *diversement exprimés en latin.*

R. Quand *il*, *elle*, *le*, *la*, etc., peuvent se tourner en français par *soi*, *de soi*, *à soi*, ils s'expriment par *se*, *suî*, *sibi*; et quand ils ne le peuvent point, par *ille*, *illa*, *illud*.

Le voleur dit qu'il n'étoit point coupable; T. nia *soi* être coupable, *latro negavit* SE *esse culpâ noxium.*

Le juge qui a voulu savoir de lui la vérité, dit qu'*il* n'est pas coupable ; *judex, qui veritatem ex eo sciscitatus est,* EUM *esse culpâ noxium negat.*

Diogène ordonna qu'on le jetât à la voierie; T. ordonna *soi* être jeté, *Diogenes jussit se projici inhumatum* (c. à d. sans avoir reçu la sépulture).

Votre ami qui avoit un chien enragé, le fit jeter à l'eau, *tuus amicus, cui erat canis rabie percitus, jussit eum in aquam projici.* (*à* signifie ici *dans.*)

Complément de refert, interest, *il importe* à *ou* pour, *il est de l'intérêt de.. il est d'un...*

I. *Refert* ou *interest regis*, il importe au roi. (Mot à mot : dans la *cause*, dans la chose du roi, car *refert* est composé de *fert* et de *re.*)

Regis est au génitif, parce qu'il détermine le mot *re*.

Avec *interest* on sous-entend *causâ*, *in causâ*.

Ex. Il importe aux enfans, c. à d. dans la cause des enfans, *puerorum interest*.

II. Avec *refert*, *interest*, les pronoms *me*, *te*, *nous*, *vous*, *lui*, *leur*, se rendent par *meâ*, *tuâ*, *nostrâ*, *vestrâ*, *suâ*, qui s'accordent avec l'ablatif *causâ* ou *re* sous-entendus.

Ex. Il m'importe, il vous importe; T. il importe dans la cause mienne, vôtre, *refert* ou *interest meâ*, *tuâ* (*causâ*).

III. Quand, après *il importe*, ces pronoms *à moi*, *à toi*, etc., sont suivis d'un substantif ou d'un adjectif, on met ce substantif ou cet adjectif au génitif, parce que ce génitif est aussi le complément du substantif *re* ou *causâ* qu'il détermine, quoiqu'il soit sous-entendu.

Ex. Il importe à vous seul, *interest tuâ unius*, c. à d. *interest in tuâ causâ quæ est causa tuî unius*.

Il importe à moi César, *refert meâ Cæsaris*. (*causâ quæ est causa Cæsaris.*)

IV. Il *vous*, il *nous*, il *leur* importe à tous deux, se tourne par : il importe *à l'un et à l'autre* de vous, de nous, d'eux, *utriusque vestrûm*, *nostrûm*, *illorum interest*.

V. Si le complément de *refert*, *interest*, est un objet inanimé, il se met à l'accusatif avec *ad*.

Ex. Il est important pour votre gloire..., *refert ad gloriam tuam...*

VI. Le sujet ou nominatif de *il importe* est toujours l'infinitif suivant ; et souvent aussi tous les mots qui en dépendent forment ce sujet.

Ex. Il vous importe d'étudier ; T. étudier importe dans votre cause, *tuâ refert studere.*

Il est de votre intérêt de fuir le vice ; T. fuir le vice importe..., *tuâ refert fugere vitium.* (Voir l'art. 8 des notes préliminaires.)

VII. *Plus*, *trop*, *moins* avec *refert*, *interest.*

Plus et *trop* avec *refert* s'expriment par *magis*, et *moins* par *minus.*

Ex. Il nous importe plus ou trop, *nostrâ magis interest* ; il vous importe moins, *tuâ minus refert.*

Combien, *peu*, *beaucoup*, *autant*, *assez*, devant les mêmes verbes, s'expriment par *quanti* (1), *parvi*, *magni*, *tanti*, *satis magni.*

Ex. Il nous importoit beaucoup, *nostrâ magni referebat.*

VIII. *Que* ou *de* après *il importe.*

---

(1) *Quanti* est le génitif de *quantus*, *a*, *um*. *Quanti* tient lieu de *pro ære pretii quanti ;* pour la somme d'un prix combien grand. (La monnoie des anciens étoit de cuivre ou d'airain, *æs*, *æris.*) Il en est de même de *parvi*, *magni*, etc.

Après *il importe*, le *que* ou *de* peut s'exprimer par *ut* avec le subjonctif, ou peut ne pas s'exprimer, et suivre la règle *credo te flere*.

Ex. Il nous importe d'aimer Dieu, *nostrâ refert ut Deum amemus* ou *Deum amare*.

IX. *Il n'importe pas..., il importe peu..., se mettre peu en peine*, suivis de deux *que* ou *de*.

R. Quand après *il n'importe pas..., il importe peu...*, il y a deux *que* ou deux *de*, ils se tournent par *si*, et le premier se rend par *utrum*, et le second par *an* avec le subjonctif.

Ex. Il ne m'importe pas, il m'importe peu d'être riche ou pauvre; T. si je suis..., *nihil* ou *parvi meâ refert utrum dives sim an pauper*.

(On peut mettre *ne* après le premier mot : *dives ne sim*. Il faut se souvenir en outre que *utrum* ne s'emploie qu'en parlant de deux objets.)

Quand n'*importer pas* ou *peu* signifie *se mettre peu en peine*, on se sert, pour l'exprimer, de *parum curare*; ces deux *que* s'expriment encore par *utrum, an*; et si le second *que* est remplacé par ces mots, *ou non*, ils s'expriment par *an non* ou *nec-ne*.

Ex. Il m'importe peu, je me mets peu en peine, je me soucie peu que vous lisiez ou non, *parùm curo utrùm legas nec-ne*.

Des verbes *Pœnitet, Pudet, Tœdet, Miseret, Piget.*

I. *Me pœnitet culpœ meœ*, je me repens de ma faute. (C'est comme s'il y avoit : *pœna culpœ meœ tenet me* (1).)

Les cinq verbes *pœnitet*, *pudet*, etc., renferment en eux-mêmes leur nominatif que détermine le génitif qui souvent les accompagne (Voir l'art. IV des notions préliminaires.)

Observation. Il faut toujours avoir soin de décomposer les cinq verbes ci-dessus de la manière suivante, afin d'éviter toute faute.

Les gens de bien ont pitié des pauvres; T. la pitié des pauvres tient les gens de bien, *miseratio pauperum tenet viros probos.* De *miseratio tenet* on fait *miseret*; on dira donc : *viros probos miseret pauperum.*

II. *Incipit sorores meas tœdere desidiœ*, mes sœurs commencent à s'ennuyer de l'inaction. Mot à mot : l'ennui de l'inaction commence à tenir, etc.

Celui qui a pitié des malheureux est estimé, *is quem miseret infelicium, amatur.*

---

(1) *Pudet* est pour *pudor tenet me*; *me tœdet* pour *tœdium tenet me*; *miseret* pour *miseratio tenet*, et *piget* pour *pigritia tenet.*

Remarque importante. Le nominatif renfermé dans les verbes *pœnitet*, *pudet*, etc. ne peut jamais s'appliquer aux verbes *volo*, *nolo*, *malo*, *amo*, *cupio* ni *audeo*, parce qu'on ne peut pas dire *du repentir*, *de la honte*, etc. qu'ils *veulent*, qu'ils *aiment mieux*, etc.

Ex. Vos sœurs aiment mieux se repentir ; au lieu de tourner par *le repentir aime mieux....*, on tournera ainsi : vos sœurs aiment mieux le repentir tenir soi; *tuæ sorores malunt pœnitentiam tenere se*, et régulièrement, *tuæ sorores malunt se pœnitere.*

Il mérite que j'aie pitié de lui, *dignus est ut illius* ou *cujus me misereat.* (*Ut miseratio ejus teneat me.*)

Les enfants doivent avoir honte et horreur du mensonge, *pueros debet pudere mendacii*, *iique ab eo debent abhorrere.* (On peut supprimer *debet.*)

Vos sœurs ont paru s'ennuyer, T. l'ennui a paru tenir vos sœurs, *tædium visum est tenere tuas sorores*, et régulièrement : *visum est tuas sorores tædere.* Vos sœurs ont paru avoir honte, T. cela a paru à savoir que la honte tient vos sœurs; (id) *visum est* (*nempè*) *tuas sorores pudere....*

Je crois que vos sœurs sont fâchées de n'avoir pas eu honte de leur faute, *puto tuas sorores pigere non se puduisse suæ culpæ.*

(Voir à la règle suivante comment *de* ou *que* peuvent encore s'exprimer après les verbes *pudet*, *tædet*, etc.)

Se réjouir, avoir honte, se repentir, s'étonner, être surpris, remercier, savoir bon gré, etc.

R. *Que* ou *de* après ces verbes s'exprime par *quòd* avec le subjonctif ou l'indicatif.

Ex. Je me réjouis, je suis bien aise de vous avoir été utile; T. de ce que je vous ai... *gaudeo quòd* (1) *tibi profuerim* ou *profui.*

J'ai honte de ne vous avoir pas encore répondu, *me pudet quòd tibi nondùm rescripserim.*

(On peut après ces verbes retrancher le *que* et dire : *me pudet nondùm ad te scripsisse; gaudeo me tibi profuisse.*

Du verbe est *dans la signification d'appartenir.*

Est regis tueri subditos, il appartient à un roi, il est d'un roi de défendre ses sujets.

I. R. Le nominatif du verbe *est*, dans la signification *d'appartenir*, *être le propre de*, est toujours l'infinitif qui le suit avec les mots qui l'accompagnent; et le mot *munus*, *officium* ou *negotium* est censé immédiatement placé après le verbe *est.*

---

(1) *Quòd* est pour, *ob id negotium quod est: tibi profui*; je me réjouis de cette chose qui est : *je vous ai été utile.* Ce *quòd* n'est ni un adverbe ni une conjonction.

Ex. Il (1) est d'un bon père, il appartient à un bon père d'aimer ses enfants; tourn. : aimer ses enfants est le devoir d'un bon père, *est boni patris amare suos liberos*. (Art. VIII des not. prélimin.)

II. Les pronoms à *moi*, *à toi*, *à vous*, *à lui*, *à eux*, après le verbe *est* signifiant *il appartient à*, *c'est à*, se rendent par *meum*, *tuum*, *nostrum*, *vestrum*, *suum* qui s'accordent avec le mot *negotium*, *officium* ou *munus* sous-entendu.

Ex. C'est à vous de vous taire. T. vous taire est votre devoir, *tuum est tacere* (negotium).

Votre ami dit que c'est à lui de lire, T. dit que lire est son affaire, son tour; *tuus amicus dicit suum esse legere.*

Je crois aussi que c'est à lui de lire, *puto quoque ejus esse legere* (*ejus* et non pas *suum*, parce qu'on tourne par le devoir *de lui.*

III. Mais si les pronoms *à moi*, *à toi*, etc. peuvent se tourner par *le mien*, *le tien*, etc., ils s'expriment par *meus*, *tuus*, *noster*, *vester* qu'on fait accorder avec le substantif.

Ex. Ce livre est à moi. T. est le mien, *hic liber est meus.*

---

(1) Le mot *il* vient du latin *ille*, *illa*, *illud*, et signifie, en français *cela.* C'est donc comme s'il y avoit : *aimer* ses enfants, *cela est*, ou par abbréviation *c'est* le devoir, etc. *Il*, placé à la tête de la phrase, annonce ce qu'on va dire.

Verbes suivis du génitif.

Les verbes *misereri*, avoir pitié; *desinere*, cesser; *abstinere*, s'abstenir, se construisent avec le génitif.

(En voir la raison aux adjectifs suivis du génitif. Art. III, page 16.)

Ex. Cessez vos larmes, *desine lacrymarum*; abstenez-vous de plaintes, *abstine querelarum.*

Les verbes *oblivisci*, oublier; *recordari* et *meminisse*, se souvenir, sont suivis du génitif ou de l'accusatif.

Je me souviens de mes malheurs, *memini malorum meorum* ou *mala mea.*

Du pronom on *ou* l'on.

On vient de *homo* dont on a fait *hom*, puis *on* qui signifie l'homme en général. Ce mot n'est point dans le génie de la langue latine.

On aime la vertu, tournez par le passif: la vertu est aimée, *virtus amatur.*

(C'est toujours de cette manière qu'il faut rendre le sens de *on.*)

On porte envie aux jeunes gens et on les favorise,

tournez le verbe *actif* par la troisième personne du singulier du passif, *adolescentibus invidetur* (1) *et favetur.*

On a coutume de louer la prudence, T. la prudence a coutume d'être louée, *consilium solet laudari.*

On dit que les corbeaux vivent long-temps, T. les corbeaux sont dits... *corvi dicuntur diù vivere* ou *dicitur corvos diù vivere*, c'est-à-dire; cela est dit: les corbeaux vivre long-temps. On dit que vous vous repentez, T. le repentir est dit tenir vous; *dicitur te pœnitere.*

On raconte, on rapporte une chose surprenante, T. une chose surprenante est racontée, *narratur, fertur res miranda.* On va, *itur* (2); on est venu, *ventum est.* (3)

II. Quand après *on*, *l'on*, se trouve un verbe ac-

---

(1) *Invidetur* est pour *invidia fit;* et *favetur* pour *favor fit.*

(2) *Itur* est pour *iter fit.*

(1) *Ventum est* est pour *Iter factum est.*

Plusieurs verbes défectueux tels que, *libet*, *licet*, *opportet* ne s'emploient guère qu'à la troisième personne du singulier, mais ils ont toujours pour nominatif *l'infinitif* qui forme le sujet de la proposition. *Libet* est pour *est libitum.* Ex. Il n'est pas permis de fuir, T. fuir n'est pas permis, *fugere non est libitum;* mais mieux: *fugere non licet. Pluit*, il pleut, *ningit*, il neige, etc. sont pour *pluvia fit*, *ninguis fit* *Curritur*, on court, est pour *cursus fit. Vivitur*, on vit, pour *vita fit*, etc.

tif, on peut, au lieu de le tourner par le passif, le mettre à la troisième personne du pluriel, en sous-entendant *homines*.

Ex. On aime la vertu, *amant virtutem*.

Mais il faut toujours sous-entendre le mot *homines* devant les verbes *neutres* ou *déponents* en latin, et l'exprimer devant les verbes *pœnitet*, *pudet*, etc. précédés de *on*.

Ex. On dit, *aiunt*, *ferunt*, *memorant*, *perhibent* (homines).

On est fâché d'avoir mal travaillé, *homines piget malè laboravisse* ou *quod malè laboraverunt* ou *laboraverint*.

On ne se tourne par *personne ne*.

Ex. On ne peut être heureux sans la vertu, *nemo sine virtute potest esse beatus*.

Quand on, *lorsqu'on*, se tournent par *celui qui*, *ceux qui*.

Ex. Quand on ment on est méprisé, *qui mentitur contemnitur* (homo *ou* puer qui).

Si on, *si l'on* se tournent par si quelqu'un, *si quis*, et non pas *si aliquis*.

(Après *si*, *nisi*, *ne*, *num*, *sive*, *quò* on retranche *ali*.)

On voit, *on trouve des gens qui*... s'exprime par *videas*, *reperias qui*.... avec le verbe suivant au subjonctif.

Ex. On voit des gens qui aspirent à la richesse, *videas homines qui divitias appetant*. (suppléez *evenit ut videas*.)

On peut dire aussi *videre est, reperire est* (suppléez *licitum*), qui équivalent à *potes videre, reperire.*

Ex. On voit, on trouve des écoliers qui étudient bien, *videre est, reperire est discipulos qui accuratè studeant* ou *disciputi reperiendi sunt qui accuratè student.*

On ne doit pas être, il n'est pas permis d'être paresseux, T. cela n'est pas permis à savoir un homme être paresseux; *non licet* (nempè) *hominem esse pigrum*, ou sous-entendant *hominem.*

Il ne m'est pas permis d'être paresseux, *non mihi licet esse pigro* ou *esse pigrum* en sous-entendant *me*; *me esse pigrum.*

On a eu honte de mentir, *puditum est mentiri* (1).

On s'est ennuyé, *pertæsum est*, on a eu pitié, *misertum est*; on est arrivé, *perventum est.*

Il semble, il paroît que... suivis d'un verbe, se tournent comme il suit :

Il paroît que vous êtes malade, T. vous paroissez être.... *videris ægrotare*; mot à mot : *vous êtes vu être malade.* Il paroît que vous êtes sourd, T. vous paroissez... ; *videris esse surdus.*

Il me paroît que vous vous trompez. On peut

---

(1) *Puditum est mentiri*, c'est comme s'il y avoit *mentiri factum est pudor*, le mentir est devenu honte. Il en est de même de *pertæsum est*, etc. dont la phrase n'est pas achevée.

tourner par l'*infinitif* dont on fait le nominatif du verbe paroître. Ex. Cela : vous vous trompez, semble à moi, *te errare mihi videtur*, ou mieux *mihi videtur te errare.*

Règles particulières sur le Qui *et le* Que *adjectifs-conjonctifs.*

I. Le *qui* français, sujet du verbe suivant, en est quelquefois l'*objet* ou *complément* direct en latin.

Ex. L'enfant *qui* se repent est excusé, T. l'enfant que le repentir tient..... *puer* quem *pœnitet excusatur.* Le roi *qui* a besoin.... T. à qui besoin est, *cui opus est...* qui a intérêt... dans la cause de qui il est, *cujus refert interest.*

II. *Que* adjectif-conjonctif. Il se met toujours au cas du verbe suivant.

Ex. Dieu que nous adorons est tout-puissant, *Deus quem adoramus est omnipotens* ; la Grammaire que j'étudie est utile, *Grammatica cui studeo est utilis.*

Remarque. Le *que* adjectif-conjonctif, complément direct de deux verbes français, ne l'est pas toujours des deux mêmes verbes latins; il faut alors répéter le *que* et le mettre au cas du verbe.

Ex. Les pauvres que nous devons aimer et secourir.... *pauperes quos amare et quibus opitulari debemus...*

III. *Dont, de qui, desquels*, etc. servent tantôt à déterminer le substantif qui vient après eux et se mettent au génitif; tantôt ils sont le complément direct du verbe qu'ils précèdent; tantôt enfin ils sont le complément d'un adjectif qui les suit, et ils en prennent le cas.

Ex. Dieu dont nous admirons la providence, est éternel, *Deus cujus providentiam miramur est œternus.*

Les livres dont je me sers sont beaux, *libri quibus utor sunt pulchri.*

La récompense dont vous êtes digne, est préparée, *merces quâ dignus es paratur.*

Dont, de qui, etc. suivis d'un verbe dont le complément doit être à l'ablatif avec *à* ou *ab*, *è* ou *ex* s'expriment élégamment par *undè*.

Ex. Celui de qui vous l'avez appris.... *is undè accepisti.*

L'ami à qui vous avez rendu service, viendra demain, *amicus* cui *ou* in quem *officium contulisti cras veniet.*

IV. *Par qui*, suivis d'un verbe passif, se met à l'ablatif avec *à*.

Ex. Dieu par qui la lumière a été créée, *Deus à quo lux facta est.*

Par qui, signifiant *par le moyen duquel*, se rend par *per quem.*

Ex. Celui par qui nous respirons.... *is per quem spiritum ducimus.* (Voir l'art. II des notions préliminaires)

Que faites-vous? *Quid agis?* (sous-entendre *negotium.*)

Mais si le complément du verbe latin doit être à un autre cas que l'accusatif, il faut exprimer le mot *chose.*

Ex. Qu'étudiez-vous? *Cui rei studes?*

Remarque. *Que* ou *quoi*, au commencement d'une phrase interrogative, signifie toujours *quelle chose*, et s'exprime par *quid.* Ex. Que sera-ce, si.... *quid futurum est, si....* Quoi de plus beau que la vertu? *Quid virtute pulchrius?* *Quoi* de nouveau? *Quid novi?*

Quel, Quelle, *interrogation*, *sujet.*

IV. *Quel, quelle* s'expriment aussi par *quis, quæ, quod*, ou *quisnam*, etc.

Quelle mère n'aime pas ses enfants? *Quæ* ou *quænam mater liberos suos non amat?*

Quel avantage résultera-t-il? *Quod commodum*, ou mieux *quid commodi consequetur?* (suppléez *negotium* (règle *liber Petri.*)

Quis nos redemit? Jesus-Christus, qui nous a rachetés? Jésus-Christ.

Règle. La réponse se met au même cas que la demande, excepté avec *refert, interest* et *est.*

Ex. Qui a parlé? *R.* Moi. *Quis locutus est?* R. *Ego.* (sous-entendu *locutus sum.*)

DE L'INTERROGATION.

I. Le *qui* interrogatif est tantôt le sujet ou nominatif, et tantôt le complément du verbe suivant.

Qui *interrogatif, sujet.*

Il se met toujours à la tête de la phrase; il s'exprime par *quis*, *quæ*, *quod*, ou *quisnam*, *quænam*, *quodnam* ou *quidnam*, et le *que* par *quid* qui ne s'emploie qu'au nominatif ou à l'accusatif.

Ex. Qui de nous? *quis nostrum* (1) ou *ex nobis* ou *inter nos*. (sous-entendu *homo*.)

Qui favorise le vice? *quis favet vitio*?

Qui croira? *quis credat*? Qui n'admireroit pas? *quis non miretur*?

Le *qui* interrogatif devant un *futur* de l'indicatif et un *imparfait* du subjonctif doit se construire avec le *présent* du subjonctif latin, parce qu'il y a toujours du doute dans l'interrogation.

II. *Qui des deux*, ou *lequel des deux* se rendent par *uter*, *utra*, *utrum*, et les deux noms substantifs suivants prennent le même cas. *Ne* se met après le premier, et *an* devant le second, et comme il n'y a com-

(1) Et non pas *nostri*. On ne se sert de *nostri*, *vestri* qu'après un verbe ou un nom qui n'est point partitif.

paraison qu'entre deux, le superlatif se rend par le comparatif.

Ex. Lequel des deux est le plus sage, vous ou votre frère? *uter sapientior est, tu ne an frater?*

Qui *interrogatif, complément.*

III. *Qui* et *qui des deux* peuvent être le complément du verbe suivant, et doivent alors en prendre le cas.

Ex. Qui aimez-vous? T. quel est celui *que*..... *quem amas*? Qui des deux aimez-vous le plus, votre sœur ou votre frère? *utrum magis amas, sororem ne an fratrem*?

Remarque. Le verbe de la demande est toujours censé être dans la réponse, mais on n'en exprime que le *sujet* ou *complément direct.*

Ex. Qui a pitié des paresseux? *R.* Personne. T., qui est-ce que la pitié des paresseux tient? *R.* elle ne tient personne, *quem miseret pigrorum*? *neminem* (tenet.)

A qui importoit-il? A nous. T. dans l'intérêt de qui... *R.* dans le nôtre. *Cujusnam intererat*? *Nostrâ* (sous entendu *in re* ou *causâ*. A qui appartient-il de se taire? *Cujus* (1) *est tacere*? A vous, *tuum*. (suppléez *negotium*). A qui appartient ce livre?

---

(1) Tacere est negotium : cujus? R. *Tacere est tuum officium*.

cujus est hic liber? A moi, *meus.* (*hic liber est meus.*)

IV. *Quel, quelle*, signifiant quantième, s'exprime par *quotus, a, um*, et la réponse se fait par le nombre ordinal, en sous-entendant le verbe.

Ex. Quelle heure est-il? Une heure. T. la première. *Quota hora est? Prima.* (hora est.)

V. Quand l'interrogation se fait par un verbe et sans négation, l'on met *an* ou *nùm* devant le premier mot, et la réponse se fait par le verbe de l'interrogation.

Ex. Pense-t-il à ce qu'il dit? *Nùm cogitat quid dicat?* Avez-vous vu Louis le Désiré? *Vidisti ne optatum regem?* R. Oui *Vidi.* (Si *an* sert à témoigner simplement quelque doute, il se construit avec le subjonctif. Ex. Cela est-il honnête à faire ou à dire? *Honestum ne factu sit, an turpe?*)

Avoit-il soupé, il s'en alloit. (Voir *à peine.*)

QUE *adverbe interrogatif.*

VI. Le *que* adverbe interrogatif se tourne par *pourquoi*, et s'exprime par *cur* ou *quid*, (ob quid negotium.) et *pourquoi ne* ou *ne pas, ne point*, par *quin* ou *cur non.*

Ex. Que tardez-vous? *Quid* ou *cur moraris?*

Que ne lisez-vous? *Quin* ou *cur non legis?*

Que ne l'avez-vous prié à souper? *Quin ad cœnam eum vocasti?*

Si le *que* interrogatif peut se tourner par *combien*

ou *quel prix*, on l'exprime par *quanti.* (*pro œre* quanti *pretii.*)

Ex. Que vous a coûté ce cheval ? *Quanti tibi constitit equus ille?*

ADVERBES DE QUANTITÉ.

I. Les adverbes de quantité s'expriment selon les mots auxquels ils sont joints.

Ceux qui sont placés devant un nom de choses qui ne se comptent pas, se construisent avec le génitif.

Exemple.

Beaucoup d'eau,	*Multùm*	*Aquœ* (1)
Que d'eau,	*Quantùm*	
Peu d'eau (2),	*Parùm*	
Moins d'eau,	*Minùs*	
Plus d'eau,	*Plùs*	
Tant, autant d'eau,	*Tantùm*	
Assez d'eau,	*Satis*	
Trop d'eau,	*Nimis, nimium*	

---

(1) *Aquœ* est au génitif parce qu'il détermine le substantif *negotium* sous-entendu. *Multum aquœ* est pour *multum negotium aquœ. Multum, tantum, plurimum,* sont de véritables adjectifs qui s'accordent avec le substantif *negotium* sous-entendu. On trouve les mots *tantum, multum* précédés de la préposition *ad* ou *in*. Ex. *In multum velocior*, plus rapide de beaucoup. *Vixit nimium* est pour *vixit per tempus nimium, etc.*, il a vécu trop peu de temps.

(2) *Un peu, quelque peu, fort peu* devant un substan-

II. Quand la chose qui ne se compte pas peut se dire *grande* ou *petite*, elle s'exprime de la manière suivante:

Que ou combien de science,	*Quanta.*	*Doctrina.*
Peu de science,	*Parva.*	
Beaucoup de science,	*Magna.*	
Moins de science,	*Minor.*	
Plus de science,	*Major.*	
Autant, tant de science,	*Tanta.*	
Assez de science,	*Satis magna.*	
Trop de science,	*Nimia* ou *nimis magna.*	

On voit que ces adjectifs s'accordent avec le nom.

III. Devant un nom pluriel de *choses qui se comptent*, *que*, *combien*, s'exprime par les adjectifs suivants que l'on fait également accorder avec le nom pluriel.

Que ou combien de	livres	*Quot* ou *quàm multi.*	*libri*
Peu de		*Pauci*	
Beaucoup de		*Multi*	
Moins de		*Pauciores.*	
Plus de		*Plures.*	
Autant, tant de		*Tot.*	
Assez de		*Satis multi*	
Trop de		*Nimis multi*	

---

tif, s'exprime par *tantillùm*, *aliquantulùm* avec le gén.

Un peu, signifiant légèrement, foiblement, devant un *verbe*, un *adjectif* et un *adverbe*, s'exprime par *leviter*. Ex. Il est un peu malade, *leviter ægrotat*; un peu fâché, *leviter iratus*.

Première remarque. Combien, signifiant *combien de personnes*, se rend toujours par *quàm multi*. Ex. Savez-vous combien nous sommes dans cette classe? *scis ne quàm multi in hâc scholâ adsimus*. (*Quot* et *tot* ne s'emploient que devant un substantif exprimé.)

Seconde remarque. Combien, signifiant *combien peu*, s'exprime par *quotus quisque, quota quæque.*

Ex. Combien y en a-t-il qui soient de véritables orateurs? *quotus quisque verè disertùs est*?

IV. *Que* ou *combien*, etc. devant un adjectif ou un adverbe, s'exprime ainsi qu'il suit :

Que ou combien il est	modeste	*Quàm* ou *ut*	*modestus.*
Peu		*Parùm*	
Bien, beaucoup, fort		*Multum, valdè* ou le superlat.	
Moins		*Minùs*	
Plus		*Magis* (1)	
Tant, aussi, si		*Tam*	
Assez		*Satis*	
Trop		*Nimis*	

V. *Que* ou *combien* devant un *comparatif*. (Voir au comparatif.)

---

(1) Ou par un comparatif. Plus modeste, *modestior.*

VI. *Que* ou *combien*, etc. devant un verbe ordinaire s'exprime ainsi :

Qu'il ou *combien* il est aimé, *quàm*, *quantùm* ou *ut amatur !*

Il est peu		*Parùm*	
Il est beaucoup		*Multum, valdè*	
Il est moins		*Minùs*	
Il est plus	aimé,	*Plùs, magis*	*amatur.*
Il est aussi, autant		*Tantùm, tam*	
Il est assez		*Satis*	
Il est trop		*Nimis, nimiò plùs*	

VII. *Plus*, *moins*, *trop*, avec *refert*, *interest*. (Voir page 51.)

VIII. *Que* ou *combien* devant un verbe *de prix* ou *d'estime* s'exprime de la manière suivante :

Qu'il ou combien il est		*Quanti*	
Il est peu		*Parvi*	
Il est fort		*Magni*	
Il est moins	estimé,	*Minoris*	*æstimatur.*
Il est plus		*Pluris*	
Il est tant, autant, aussi, si		*Tanti*	
Il est assez		*Satis magni*	
Il est trop		*Nimiò pluris*	

Remarque. Plus devant *odisse* et *fugere*, se rend par *pejus*.

Ex. Je le haïssois plus, *eum pejus oderam.*

Que *de désir.*

I. Le *que* de désir se connoît lorsqu'on peut le tourner par : *plaise à* ou *plût à Dieu que*, et se rend par *utinam*, avec le subjonctif.

Ex. Que ne puis-je vous voir ! T. plaise à Dieu que je puisse... *utinam te videre possim !*

II. *Ne que*, pouvant se traduire par *seulement*, se rend par *solummodò* ou par *solus*, *a*, *um* qu'on fait accorder avec le nom suivant.

Ex. Plût à Dieu que la louange *ne* fût donnée *qu'à* la vertu ! *utinam laus virtuti solummodò tribueretur* ! ou *soli virtuti.*

III. *Ne que*, signifiant *rien autre chose que*, s'exprime par *nihil aliud*, et le *que* par *quàm*.

Ex. Que n'a-t-il volé que mon coffre-fort ! *utinam nihil aliud nisi arcam rapuerit meam !*

De l'impératif.

L'impératif ou *le commandement* suppose toujours le désir.

Le verbe dont on se sert pour commander se met à l'*impératif* ou au *subjonctif*, en sous-entendant *volo* ou *cupio ut.*

Ex. Laquais, garçon, jeune homme, chassez les mouches; *puer*, *abige muscas.*

Qu'il fuie, le traître! *fugiat, proditor.* (*volo ut* ou *utinam*)!

Quand on *défend*, on se sert de *ne* avec le subjonctif, en sous-entendant *ut*; ou bien l'on met *ne* avec l'impératif; ou enfin on emploie *noli*, *nolite* (ne veuillez pas), avec l'infinitif.

Ex. Ne vous tourmentez pas; *ne te crucies*, ou *ne te crucia*, ou bien, *noli te cruciare.*

Lorsque le verbe est à la troisième personne, on se sert de *ne* avec le subjonctif, mais en sous-entendant toujours *ut*, car *ne* est une simple négation.

Ex. Qu'il ne dise pas..., *ne dicat*; qu'il ne parte pas, *ne exeat.*

QUE *d'admiration et* QUE *d'exclamation.*

I. Le *que* d'admiration et celui d'exclamation se connoissent quand on peut les tourner par *combien*, qui s'exprime par *quàm* ou *ut* devant un adjectif ou un adverbe, ou par *quantum* devant un nom de chose qui ne se compte pas.

Ex. Que vous êtes poli! *ut* ou *quàm comis es!*

Que de chagrin n'ai-je pas ressenti! *quantum mœroris percepi!*

II. Quand le *que* d'admiration ou l'adverbe *combien* se trouve joint au mot *grand*, on l'exprime par *quantus, a, um*; quand il est joint au mot *petit*, par *quantulus, a, um.*

Ex. Que j'aurois de plaisir, ou combien mon plaisir seroit grand; ou enfin, quel seroit mon plaisir! *quanta esset mea lœtitia!*

Que cette maison est petite! *quantula ést domus illa!*

Combien je vous estime! *quanti te facio!*

Qu'il vous importe! *quanti tuâ refert!*

Que la sagesse est plus aimable!.. *quantò sapientia amabilior est!..*

Que de gens travaillent! *quot homines*, ou *quàm multi laborant!*

Remarque. Après un *que* d'admiration, la *négation* française ne s'exprime pas en latin. Ex. Que de maux n'a-t-il pas soufferts! *quot et quanta mala passus est!*

Que *entre deux négations et deux verbes*, et que, ne, *signifiant* seulement.

R. Si *que* entre deux négations et deux verbes ne peut pas se tourner par *avant que*, *à moins que*, il se met au cas du verbe suivant.

Ex. Le sage n'assure rien qu'il ne prouve; *sapiens (vir) nihil affirmat quod non probet.*

Mais si le *que* est adverbe et peut se tourner par *si ce n'est que*, *à moins que*, *avant que*, il s'exprime par *quin*, *nisi*; *priusquàm*, avec le subjonctif.

Ex. Je ne serai pas content que je ne vous aie vu; *non contentus ero quin*, ou *nisi*, ou *priusquàm te viderim*. (avant que...)

Si *adverbe ou conjonction.*

I. *Si... que*, pouvant se tourner par *aussi... que*, s'exprime par *tam* et le *que* par *quàm*.

Ex. Il n'est pas si sage que savant; T. *aussi....*, *non tàm sapiens est quàm doctus.*

II. *Si*, pouvant se tourner par *tellement*, s'exprime par *tàm*, *adeo*, *ità*, *usque* devant un adjectif, un adverbe et un verbe ordinaire; par *tanti* devant un verbe de prix ou d'estime, et devant *refert*, *interest*, et le que par *ut* avec le subjonctif.

Ex. Dieu est si bon qu'il veille à nos intérêts (tellement), *Deus ita*, *adeò*, *tam*, *usque bonus est ut rebus nostris consulat.* (*usque*, jusque-là)

Il fut si frappé de terreur, qu'il mourut, *ita*, *tam*, *adeò*, *usque terrore perculsus est, ut mortuus sit.*

III. *Si grand* se rend par *tantus*, *a*, *um*; *si petit* par *tantulus*, *a*, *um*, et le *que* par *ut* avec le subjonctif, lorsque *si* ne peut pas se tourner par *aussi.*

Ex. Il est si estimé que.... *tanti fit ut....*

La bonté de Dieu est si grande, ou est telle que... *tanta est bonitas divina*, *ut.*

Cette étoile est si petite qu'on ne peut la voir, *stella hæc tantula est, ut perspici non queat.*

Mais après *si grand* pouvant se tourner par *aussi grand*, le que s'exprime par *quantus*, *a*, *um*, et après *si petit*, pouvant se tourner par *aussi petit*, le *que* s'exprime par *quantulus* , *a*, *um*.

Ex. La terre n'est pas si grande que le soleil, (aussi grande) *non tanta est terra qaantus sol.* (est magnus.)

Cette maison n'est pas si petite (aussi) que la nôtre, *hæc domus non tantula est, quantula est nostra.*

Si *conditionnel.*

IV *Si*, au commencement d'une phrase, se traduit par *si* avec le subjonctif devant un *imparfait* et un plusque-parfait.

Ex. Si vous vouliez, si vous aviez voulu, *si velles*, *si voluisses;* si l'on venoit, *si quis veniret.*

Quelquefois au lieu de répéter le *si*, on met *que* en français.

Ex. Si vous vous fussiez tu, et *que* vous eussiez écouté... *Si tacuisses et audivisses.*

Quand le second verbe est au *futur*, il vaut mieux mettre aussi le premier au *futur* latin.

Ex. Si vous lisez (1) cet ouvrage, j'en serai charmé, *hoc opus si leges*, *lætabor.*

(1) *Si vous lisez*, au lieu de *si vous lirez*, est un *gallicisme.*

V. *Si*, n'étant suivi que de *ne*, se rend par *nisi* avec le subjonctif.

Ex. Si vous ne prenez garde, *nisi caveas*.

VI. *Si*, suivi de *ne pas*, *ne point*, se traduit par *si non*, *si minùs*, et ces mots *au moins*, *pour le moins*, *du moins*, s'expriment par *saltem*, *at certè*, *ut minimùm*.

Ex. Si vous ne craignez pas les hommes, au moins craignez Dieu, *si non homines*, *at certè Deum time*. (suppléez *times* au premier membre.)

VII. *Si*, dans la signification de *quand*, *parce que*, ne prend point le subjonctif lorsqu'il est suivi de *deux imparfaits* ou de *deux parfaits*.

Ex. Si je l'appelois, il s'en alloit. T. quand..... *quem si arcessebam*, *abibat*.

Remarque. *Que si* se rend par *quòd si*; *mais si* par *sin*, *sin autem*, si au contraire, si cela n'étoit point, par *sin aliter*, *sin minus*.

Si ce n'est que, *à moins que*, s'expriment par *nisi*, *nisi fortè*, *nisi verò*, *nisi si*. *Si ce n'est*, suivi d'un nom, par *nisi*, et même cas que devant, ou par *præter* avec l'accusatif.

Si *dubitatif*.

VIII. Après les verbes de doute ou d'incertitude, comme *ne pas savoir si*, *douter si*, *examiner si*, *délibérer*, *demander*, *juger*, *dire*, *s'informer si*, etc., *si* se rend par *an* ou *utrum*, *ou si* par *an*, *ou non* par *an non*, *nec-ne*.

Ex. La grenouille demanda si elle étoit plus grosse que le bœuf, *rana interrogavit an esset latior bove.*

Je ne sais s'il dort ou s'il écoute, *nescio utrum* (1) *dormiat an audiat*; s'il dort ou non, *an dormiat nec-ne.*

DES PARTICIPES.

I. Il y a deux Participes de l'actif, comme *amans*, aimant, *amaturus*, devant aimer; deux du passif, comme *amatus*, aimé; *amandus*, devant être aimé. Les Participes, soit actifs, soit passifs, sont de véritables adjectifs qui s'accordent en *genre*, en *nombre* et en *cas* avec le nom auquel ils se rapportent.

Ex. Un coq cherchant de la nourriture, trouva une perle, *gallus escam quærens*, *margaritam repperit.*

L'écolier répondit au maître qui l'interrogeoit..... *discipulus interroganti præceptori respondit.* (On rendroit de même: l'*écolier interrogé* ou *ayant été interrogé*, etc.)

Devant être interrogé, il craignoit, *interrogandus timebat.*

---

(1) *Utrum* sous-entendu *negotium.* Il ne s'emploie qu'en parlant de deux objets, et la conjonction *an* est exprimée ou sous-entendue après *utrum.*

Participe joint au complément du verbe.

II. Le Participe se rapporte ordinairement au complément du verbe quand ce complément est un des pronoms *le*, *la*, *les*, *lui*, *leur*, avec lesquels il faut le faire accorder.

Ex. La ville ayant été prise, l'ennemi la pilla. T. l'ennemi pilla la ville prise, *urbem captam diripuit hostis.*

Les citoyens devant être passés au fil de l'épée, le vainqueur leur pardonna. T. le vainqueur pardonna aux citoyens, etc. *civibus ferro necandis victor pepercit.*

Remarque. Quoique dans les verbes *déponents* les participes en *us* aient la signification *active*, cependant les meilleurs Auteurs leur donnent la signification *passive.*

Ex. *Bella matribus detestata* (Hor.), les guerres détestées par les mères. *Quæ corona merita est !* quelle couronne a été méritée !

Participes indépendants du reste du discours.

R. Toute phrase dans laquelle le participe ne se rapporte ni au *sujet* ni au *complément* du verbe, se met à l'*ablatif* en sous-entendant *à* ou *ab.*

(Ces sortes d'*ablatifs* se nomment improprement *absolus.*)

Les parts étant faites, le lion parla ainsi, *partibus factis, sic locutus est leo.* (*à partibus factis*, après les parts faites.)

La lettre étant déjà écrite, votre esclave est venu, *scriptâ jàm epistolâ, venit puer tuus.*

Participes français manquant en latin.

IV. Pour suppléer aux participes *étant*, *ayant été*, qui manquent en latin, on tourne la phrase par *lorsque*, *après que*, *puisque*, *quùm* ou *cùm*, *postquam.*

Ex. Cicéron ayant été consul, fut néanmoins envoyé en exil, T. après que Cicéron eut été... *Cicero postquam fuisset consul, tamen in exilium actus est.*

V. Le Participe passé actif, comme *ayànt aimé*, manquant en latin, excepté dans quelques verbes déponents, *imitatus*, *pollicitus*, *usus*, *a*, *um*, on tourne la phrase par *lorsque*, *puisque.*

Ex. Un rat ayant rencontré un éléphant, se trouva mal, *mus elephanto cùm fuisset obvius, animis cecidit.*

VI. Le Participe passé du *passif* manque en latin dans les verbes *neutres*, et souvent dans les *déponents:* on tourne alors par l'*actif* en se servant des conjonctions *quùm*, *postquam.*

Ex. Etant favorisé de Dieu, il réussit; T. lorsque

ou après que Dieu l'eut favorisé.... *quùm Deus ei favisset, rem feliciter gessit.*

Ayant été poursuivi des voleurs, il s'échappa, *quùm latrones eum persecuti sunt, evasit.*

Ayant autant de... Etant aussi... que.

VIII. R. *Ayant autant de...* avec un nom, *étant aussi...* avec un adjectif, se tournent par *eu egard à*, qui se rend par *pro* avec l'ablatif du nom suivant.

Ex. Ayant autant de sagesse que vous en avez, étant aussi sage que vous l'êtes ; *pro tuâ sapientiâ.*

(On peut dire encore : *quæ tua est sapientia*, en remplissant l'ellipse : *pro sapientiâ quæ est tua.*)

Temps où il faut mettre le verbe latin après ut, ne, an, quin, etc., *et après les verbes de doute.*

I. R. Tous les temps de l'indicatif français se mettent aux mêmes temps du subjonctif, excepté les *deux futurs.*

Ex. Je ne sais ce que vous pensez, *nescio quid cogites*; ce que vous pensiez, *quid cogitares*; ce que vous avez pensé, *quid cogitaveris*; ce que vous aviez pensé, *quid cogitavisses.*

Le futur de l'indicatif après *quin*, *an*, etc. se met au participe du futur en *rus*, *ra*, *rum* pour l'actif, et en *dus, da, dum*, pour le passif, avec *sim*, *sis*, *sit*.

Ex. Je ne sais s'il écoutera, *nescio an auditurus sit*; s'il sera écouté, *an audiendus sit*.

Quand le verbe latin n'a point de *participe du futur*, on met simplement le *présent du subjonctif*, en y joignant quelque adverbe marquant le futur.

Ex. Je ne sais si vous aurez honte, *nescio an te unquàm pudeat*.

II. Si le verbe français est au subjonctif et marque l'avenir, on l'exprime par le participe du futur latin avec *sim*, *sis*, *sit* pour le présent du subjonctif, avec *essem*, *esses*, *esset* pour l'imparfait; avec *fuissem*, *es*, *set* pour le plusque-parfait du subjonctif.

Ex. Je doute que le roi vienne bientôt, *dubito an rex brevi venturus sit*; je ne savois s'il viendroit, je doutois qu'il vînt, *nesciebam an*, *dubitabam an brevi venturus esset*; je ne sais s'il seroit venu, je doute qu'il fût venu, *nescio an*, *dubito an venturus fuisset*.

Mais si le verbe qui est au subjonctif ne marque pas l'avenir ou n'a pas de futur en latin, les mêmes temps du subjonctif français se mettent aux mêmes temps du subjonctif latin.

Ex. Je doute qu'il s'ennuie jamais, *dubito an illum unquàm tœdeat*.

Le futur passé et le parfait du subjonctif, après les verbes *de doute*, se met au parfait du subjonctif *quand ils marquent le passé*.

Ex. Je ne sais s'il aura soupé, je doute qu'il ait soupé de si bonne heure, *nescio an*, *dubito an tam maturè cœnaverit.*

Si au contraire ces deux temps *marquent l'avenir* indiqué par *quand* ou *lorsque*, ils se mettent au futur en *rus*, *ra*, *rum*, ou en *dus*, *da*, *dum*, avec *sim*, *sis*, *sit*, en substituant *avant que*, *lorsque*.

Ex. Je ne sais s'il aura écrit, je doute qu'il ait écrit quand ou lorsque vous viendrez, *haud scio an*, *dubito an priùs* (1) *scripturus sit quàm venias.* (c.-à-d. s'il écrira *avant que* vous veniez.)

DES CONJONCTIONS.

Quelques-unes des Conjonctions se construisent ordinairement avec l'indicatif, quoiqu'on les trouve aussi avec le subjonctif, telles sont: *quamvis*, *etiamsi*, quoique; *cùm*, *quando*, *quando quidem*, puisque.

Dùm, signifiant *pourvu que*, *jusqu'à ce que*, se construit avec le subjonctif.

Ex. *Mea pericula neglexi*, *dùm timorem à patriâ propulsarem*, j'ai compté pour peu mes périls, pourvu que j'écartasse de ma patrie toute espèce de crainte.

Quùm ou *cùm*, signifiant *lorsque*, et *dùm* signi-

---

(1) *Priusquàm* sont très-souvent coupés par plusieurs mots.

fiant *tandis que*, ne se construisent avec le subjonctif que devant un *imparfait*.

Ex. Lorsqu'Athènes florissoit, *quùm Athenæ florerent*. Tandis qu'un chien portoit de la chair.... *dùm canis ferret carnem*....

Quùm, signifiant *puisque*, *vu que*, *comme*, est ordinairement accompagné du subjonctif.

Ex. puisque vous le voulez, *quùm id velis*; puisque la chose est ainsi, *quùm ita se res habeat*.

Quasi, *ceu verò*, *tanquàm* pour *quasi*, *tanquàm si*, *comme si*, sont toujours suivis du subjonctif.

Ex. Comme si nous ne nous connoissions pas entre nous, *quasi non norimus nos inter nos*. Comme si je ne savois pas, *ceu verò nesciam*.

Ut, signifiant *que*, *afin que*, est toujours suivi du subjonctif.

Ex. Il faut que vous lisiez, *oportet ut legas*. Il étudie pour devenir (afin qu'il devienne) savant, *stùdet ut doctus evadat*.

Ut, signifiant *aussitôt que*, *dès que*, est suivi de l'indicatif.

Ex. Dès qu'il fut éloigné, *ut discessit*; aussitôt qu'il fut éloigné...

Ut, signifiant *comme*, *de même que*, est suivi de l'indicatif.

Ex. Comme on dit, *ut aiunt*.

On a fait ces choses comme on a pu, *hæc ut potuerunt*, *facta sunt*.

Les Conjonctions *cur*, *quare*, *quomodo*, *an*, *utrum*, *etc.* entre deux verbes, se construisent avec le subjonctif du second verbe.

Ex. Je ne sais comment il se fait..... *nescio quomodo fiat.*

Je ne sais pourquoi il disoit cela, *nescio cur hoc diceret.*

Qui, quel, ce que, *entre deux verbes.*

Règle. Quand *qui*, *quel*, *lequel*, *ce que*, se trouvent entre deux verbes, le second se met au subjonctif.

Ex. Je ne sais qui vous êtes, *haud scio quis sis.*

Dites-moi quelle heure il est, *dic mihi quota hora sit.*

Je ne sais lequel des deux a été le plus éloquent, *nescio uter fuerit eloquentior.*

Dites-moi, écrivez-moi ce que vous faites, c.-à-d. quelle chose..., *dic ad me, scribe quid agas.*

Rem. Quand *ce qui*, *ce que* ne peut pas se tourner, comme dans l'exemple précédent, par *quelle chose*, il s'exprime par *quod* (negotium quod).

Ex. Il a fait *ce que* je lui avois commandé, *fecit quod ei præceperam.*

COMBIEN *entre deux verbes.*

Combien entre deux verbes se construit toujours avec le subjonctif du second verbe.

Ex. Vous savez combien je vous aime, *scis quantùm te amem.*

Personne n'ignore combien le savoir est utile, *quàm utilis sit doctrina nemo nescit.*

CRAINDRE *de*... OU *que*... *ne.*

R. Après *craindre, appréhender, avoir peur, etc. de* ou *que* suivi de *ne* seulement, s'exprime par *ne* avec le subjonctif.

Ex. Je crains que le soleil ne paroisse, *timeo ne sol appareat.*

Mais après ces verbes, *que* ou *de*, suivi de *ne pas* ou *ne point*, s'exprime par *ut* ou *ne non.*

Ex. Je crains que le soleil ne paroisse pas, *timeo ut sol appareat* ou *ne non appareat.*

Je crains de le rencontrer, *metuo ne illi occurram,* de ne pas le rencontrer, *ut illi occurram.* (1)

(1) Il est à remarquer qu'avec ces verbes il faut employer *ne* (en sous-entendant *ut*) quand la phrase est affirmative, et *ut* ou *ne non*, quand elle est négative.

Quand le verbe *craindre* signifie *faire difficulté*, *hésiter*, on le rend par *dubitare* avec l'infinitif du verbe suivant; et quand il signifie ne pas *oser*, par *non audere*. Ex. Il ne craint pas d'avouer; T. il ne fait pas difficulté ... *fateri non dubitat*. Je crains de dire; T. je n'ose dire, *non audeo dicere*.

PRENDRE GARDE *de... ou que ne, n'avoir garde de... se garder bien de...*

R. Après *prendre garde*, *dissuader*, le *de* ou *que ne* s'exprime par *ne* avec le subjonctif.

Ex. Prenez garde de tomber, c.-à-d. afin que vous ne tombiez pas, *cave ne cadas* (ut).

Dissuadez-le de jouer, *illi dissuade ne ludat*.

Prendre garde, signifiant *avoir soin*, *faire en-sorte*, se rend par *curare*, *dare operam*, et le que par *ut* avec le subjonctif.

Ex. Prenez garde qu'il ne manque de rien, T. ayez soin afin que... *da operam ut nullâ re careat*.

Si prendre garde signifie *remarquer*, on l'exprime par *animadvertere*, et le que se retranche. Ex. Il ne prend pas garde qu'on se moque de lui, c.-à-d. il ne remarque pas... *non animadvertit se derideri*.

N'avoir garde de... se garder bien de... se rend par *non committere ut* avec le subjonctif.

Je me garderai bien de vous donner sujet de me prendre pour un fou, *non committam ut tibi videar insanire*.

EMPÊCHER, *défendre de* ou *que ne.*

R. Après *empêcher*, *défendre*, sans négation ou interrogation, le *de* ou *que ne*, se rend par *ne* avec le subjonctif, et le complément de la personne sert de sujet au second verbe.

Ex. Dieu nous défend de nuire à qui que ce soit, T. afin que nous ne nuisions... *Deus prohibet ne cuivis noceamus* (ut).

Cela m'a empêché de partir, *id impedivit ne proficiscerer* (afin que je ne partisse pas.)

Mais quand *empêcher*, *défendre* sont accompagnés d'une négation ou d'une interrogation, le *de* ou *que* se rend par *quin* ou *quò minùs*.

Ex. Je ne vous empêche pas, qui vous empêche de partir ; T. afin que vous ne partiez pas ; *non impedio, quis impedit quin* (1) *proficiscăris?*

Après *il ne tient pas à moi, à quoi tient-il?* le *que ne* s'exprime aussi par *quin* avec le subjonctif.

Ex. Il ne tient pas à moi que vous ne soyez heu-

(1) *Quin* est ici pour *ut non*. Dans l'interrogation, *quin* tient lieu de *cur*. En général il est toujours mis pour *qui* et *ne* ou *non*. Ce *qui* est à l'ablatif pour *quo*, sous-entendu *modo*. Ex. *Quî possum ?* Comment puis-je ? Térence a dit : *ego id efficiam* (*uxor*) *mihi qui ne detur*, de mon côté je ferai mon possible pour ne pas l'épouser.

reux; T. : afin que vous....., *per me non stat quin sis beatus.*

(Dans cette façon de parler : *je ne puis, je ne saurois m'empêcher, me défendre*, on tourne ainsi ces phrases : je ne puis m'empêcher de parler; je ne puis ne pas parler; *non possum non loqui.* Je ne puis m'empêcher de rire, je ne puis ne pas rire; *non possum non ridere.*)

DOUTER *que... ne pas douter que...*

Règle. Après le verbe *douter* sans *négation* ou *interrogation*, le *que* se tourne par *si* et s'exprime par *an* avec le subjonctif.

Je doute qu'il se porte bien; T. : s'il..., *dubito an valeat.*

Mais quand *douter* est avec une négation ou interrogation, le *que* s'exprime par *quin.*

Ex. Je ne doute pas qu'il ne se porte bien, *non dubito quin valeat* (*ut non*).

Qui doute que la vertu ne soit aimable? *quis dubitat quin virtus sit amabilis?*

(Il ne faut pas confondre *se douter* avec *douter.*)

Après *se douter*, qui se rend par *suspicari, prævidere*, le *que* se retranche.

Ex. Je me doutois bien que la chose iroit mal; c. à d. je prévoyois, je soupçonnois que... *suspicabar rem malè cessuram.*

Attendre *que... jusqu'à ce que... s'attendre.*

Après *attendre*, le *que* signifiant *jusqu'à ce que*, se rend par *dùm* ou *donec* avec le subjonctif.

Ex. Attendez qu'il soit venu, *expecta dùm venerit.*

Après *s'attendre* signifiant *penser*, *être persuadé*, *existimare*, *persuasum habere*, le *que* ne s'exprime pas, et le verbe suivant se met toujours au futur de l'infinitif.

Ex. Je m'attendois qu'il viendroit, *eum venturum esse existimabam.*

Après *s'attendre* signifiant *prévoir*, le *que* ne s'exprime pas non plus.

Ex. Je m'étois bien attendu qu'il en seroit ainsi, *ità futurum sanè prœvideram.*

Etre cause *que...*

Après *être cause*, le *que* se rend par *cùr* avec le subjonctif.

La maladie a été cause que je n'ai pas été me promener, *morbus causa fuit* CUR (1) *ambulatum non iverim.*

(1) *Cur* est un mot composé de *cui rei*, pourquoi.

Il n'étoit pas besoin que vous prissiez tant de peine, *non fuit causa cur tantum laborem caperes*. Cic.

Tel, *tel que*.

Règle. *Tel que, telle que*, se tourne par *celui, celle que*, et se rend par *is, ea, id*; et le *que* par *qui, quæ, quod*, que l'on met au *nominatif* devant *sum* et *sim*, et à l'*accusatif* devant *esse* mis pour un *que* non exprimé.

Ex. Je ne suis pas tel que vous; T. : lequel vous êtes; *non is sum qui tu (es)*; ou : *non sum talis qualis tu*.

Il n'est pas tel que vous pensez; T. : il n'est pas celui que vous pensez qu'il est; *non is est quem putas* (sous-ent. *eum esse*).

Tel, quand il n'est pas suivi de *que*, s'exprime par *is* ou *talis*.

Ex. Telle a été ma mère; *ea* ou *talis fuit mater mea*.

Tel, au commencement d'une phrase et suivi de *qui*, se tourne par *quelques-uns, quidam*, ou par: il y en a qui, il en est qui, *sunt qui. (homines)*.

Ex. Tel rit aujourd'hui qui demain pleurera, *quidam hodie rident, qui cras flebunt*.

TEL *repété.*

Quand *tel* est répété, le premier se rend par *qui, quœ, quod*, et le second par *is, ea, id;* ou bien, le premier par *qualis* et le second par *talis.*

Ex. Tel père, tel fils, *qui pater est, is est filius;* ou *qualis pater est, talis filius.* (C'est comme s'il y avoit : le fils est tel que le père; mais il faut que la phrase soit renversée.)

Quand *tel* suivi de *que*, ne peut pas se tourner par *le même* ou *semblable*, on exprime le *que* par *ut* avec le subjonctif.

Ex. La libéralité doit être telle qu'elle ne nuise à personne; *ea esse debet liberalitas, ut nemini noceat.*

(Quand *tel* peut se tourner par *de cette sorte*, on l'exprime par *hujus modi*, en bonne part, et par *istius modi*, en mauvaise part. Ex. Qui n'aimeroit de tels enfans! *quis hujusmodi puerulos non amet!* Qui ne haïroit de telles gens! *quis istiusmodi homines non oderit!*)

Quelquefois *tel* répété ne s'exprime pas.

Ex. Tel maître, tel valet, *dignus domino servus*, (valet digne du maître.)

LE MÊME, *la même que...*

S'expriment par *idem, eadem, idem*, et le *que* par *qui, quœ, quod*, que l'on met au cas du verbe suivant.

Ex. Vous n'êtes pas la même à mon égard que vous avez été autrefois, *non eadem es erga me quœ fuisti olim.*

Ma mère n'est pas la même que je l'ai vue autrefois; *non eadem est mater mea quam vidi olim.* (*eam esse*).

Je me sers des mêmes livres que vous, *iisdem libris utor quibus tu.* (*uteris*).

(*Le même* devant un *nom* ou *pronom* s'exprime par *idem, eadem.* Ex. le même homme, *idem homo.*)

Même, après un *nom* ou *pronom*, se rend par *ipse, a, um* : l'homme même, *homo ipse*; moi-même, *ego ipse* (1).

Ne pas même s'exprime par *ne quidem*, que l'on sépare.

Ex. Je ne l'ai pas même vu, *eum ne vidi quidem.*

De même que si, dans la signification de *comme si*, se rend par *perindè ac si, tanquam, non secus ac*, non autrement que...

Ex. Je l'aime de même que s'il étoit mon fils, *illum perindè amo ac si meus esset filius.*

---

(1) Quoique le pronom *même* soit joint en français au complément du verbe, on le met au nominatif quand il s'y rapporte, autrement on le fait accorder avec le complément. Ex. Le trompeur se nuit à lui-même, *fraudator sibi ipse nocet.* Le temps ronge le fer même, *tempus ferrum ipsum exedit.*

De même, signifiant *ainsi, de cette manière*, se rend par *item*.

Ex. Il n'en est pas de même des Romains, *non item de Romanis*.

Et même, signifiant *de plus, bien plus, au contraire*, se rend par *imò, quin etiam*.

Autre, *autrement que, tout autre, l'un l'autre, ni l'un ni l'autre*.

Règle. *Autre* s'exprime par *alius, a, ud*, et le *que* par *quàm, ac, atque*.

Ex. Il n'est pas autre qu'il n'étoit autrefois, *non alius est quàm erat olim*. (On n'exprime pas le *ne*.)

Il parle autrement qu'il ne pense, *aliter loquitur ac* (ou *atque*) *sentit*; et mieux : *aliter loquitur, aliter sentit*.

Tout autre, signifiant *quelque autre que ce soit*, se rend par *quivis alius, quilibet alius*; *tout autrement*, par *longè aliter*, et le *que* par *ac* ou *atque*.

Ex. Tout autre que vous eût perdu courage, *quivis alius ac tu despondisset animum*.

Mais *tout autre* signifiant *tout différent*, s'exprime par *longè alius*.

Ex. Vous êtes tout autre que vous n'étiez, *longè alius es atque eras*.

L'un l'autre, les uns les autres, quand on parle de plus de deux, s'expriment par *alius, a, ud*, qui se répète.

Ex. Les uns jouent, les autres chantent; *alii ludunt, cantant alii.*

Mais ne parle-t-on que *de deux*, on se sert de *alter* répété, ou de *unus, alter.*

Ex. L'un dit oui, l'autre dit non; *alter* ou *unus ait, negat alter.*

Quand *l'un* est en opposition à *l'autre*, on les exprime par *alius, a, ud* que l'on rapproche.

Ex. Les uns aiment une chose, les autres une autre; *alii aliis rebus delectantur.*

Les uns s'en allèrent d'un côté, les autres d'un autre; *alii aliò dilapsi sunt.*

Ni l'un ni l'autre, ayant pour sujet du verbe un pronom, se rendent par *neuter, a, um;*

L'un l'autre, par *uterque, utraque, utrumque*, et sont ordinairement suivis de *alter, a, um.*

Ex. Ils ne s'aiment ni l'un ni l'autre; *neuter alterum amat.* (*Neuter* renferme la négation.)

Ils se détestent l'un l'autre, *uterque alterum odit.*

L'un des deux, l'un ou l'autre s'expriment par *alteruter, tra, trum.*

Ex. Je vous enverrai l'un ou l'autre, *alterutrum tibi mittam.*

L'un après l'autre s'exprime par *singuli, æ, a.*

Ex. Il se mit à les croquer l'un après l'autre, *cœpit vesci singulis.*

LEQUEL DES DEUX, *celui des deux qui...*

Lequel des deux, se rend par *uter*, *tra*, *trum*.

Ex. Lequel des deux est le plus savant? *uter doctior est?*

Autre après *uter*, s'exprime de même par *uter*, *a*, *um*.

Ex. Sachez lequel des deux a nui à l'autre, *quære uter utri nocuerit.*

Celui des deux qui, s'exprime aussi par *uter*.

Ex. Celui des deux qui se dédira, paiera *l'amende*; *uter demutaverit, pecuniâ mulctabitur.*

LE PREMIER, *le second, celui-ci, celui-là.*

Le premier, quand on ne parle que de deux, s'exprime par *prior*, et *le second* par *posterior* ou par *alter* répété.

Ex. Le premier rioit toujours, le second pleuroit sans cesse; *prior semper ridebat, posterior indesinenter flebat.*

Mais si l'on parle de plus de deux, on se sert de *primus*, *secundus*, etc.

Celui-ci, *celui-là* s'expriment : *celui-ci* par *hic*, *celui-là* par *ille*.

Ex. Que dirai-je de Démocrite et d'Héraclite?

celui-là rioit toujours, celui-ci pleuroit sans cesse; *quid de Democrito et Heraclito dicam? ille semper ridebat, hic indesinenter flebat.*

QUEL, QUELLE QUE, *quelque grand que.*

Règle. *Quel, quelle que* s'exprime par *quicumque, quæcumque*; et, dans la signification de *quelque grand que*, par *quantuscumque, quantacumque* avec le subjonctif.

Ex. Quelle que soit sa science, il ignore bien des choses; *quantacumque sit ejus doctrina, benè multa ignorat.*

Qui que ce soit qui... se rend par *quicumque*... *quilibet*; et en ne parlant que de deux, par *utercumque, utracumque.*

Ex. Qui que ce soit des deux qui chante, j'applaudirai; *utricumque canenti plaudam.*

Quelque *suivi d'un nom ou d'un adjectif.*

Quelque, suivi d'un nom de choses qui ne se comptent pas, s'exprime par *quicumque, qualiscumque*; et, avec la signification de *grand*, par *quantuscumque, quantacumque*, etc.

Ex. Quelque raison que vous alléguiez, *quodcumque dicas.*

Quelque que, avec un nom de choses qui se comptent, se rend par *quotcumque* ou *quantumvis multi, æ, a.*

Ex. Quelques services que vous rendiez à un ingrat, il n'en reçoit jamais assez pour lui; *quotcumque apud ingratum officia posueris, sibi numquàm satis habet.*

Suivi d'un adjectif, etc.

Quelque... que, suivi d'un *adjectif*, d'un *adverbe* ou d'un *participe*, s'exprime par *quantùmvis*; et si c'est un participe de verbe de *prix*, par *quanticumque.*

Ex. Quelque riches qu'ils soient, ils font des dettes; *quantùmvis copiosi, nomina faciunt.*

Quelque estimables que soient la sagesse et la science..., *quanticumque æstimandæ*, ou mieux *æstimanda sint sapientia et doctrina...*

Quelque grand que, se rend par *quantuscumque*, etc.

Quelque petit que, par *quantuluscumque*, etc.

Que après *plus, moins.*

De quelque manière que doive s'exprimer *plus*, *moins*, le *que* suivant se rend toujours par *quàm.*

Ex. *Plus*, *moins* de courage que de prudence; *plus, minus fortitudinis quam prudentiæ.*

Plus, *moins* de villes que de bourgs; *plures*, *pauciores urbes quàm vici.*

Il est *plus*, *moins* estimé que son frère; *pluris*, *minoris æstimatur quàm frater.*

Autant que *au commencement d'une phrase.*

I. *Autànt que*, au commencement d'une phrase, s'exprime par *quantùm.*

Ex. Autant que je puis prévoir; *quantùm prospiçere possum.*

Autant, aussi *à la fin d'une phrase.*

II. Se rapportant à un nom de choses

qui ne se comptent pas.	*Tantùmdem.*
Qui se comptent.	*Totidem.*
A un adjectif	*Item.*
A un verbe ordinaire	*Tantùmdem.*
A un verbe de prix	*Tantidem.*

Ex. Vous avez beaucoup de loisir, je n'en aï pas pas autant; *habes multùm otii*, *non habeo tantùmdem.*

J'aï beaucoup d'amis, vous n'en avez pas autant; *mihi sunt amici benè multi*, *non tibi sunt totidem.*

J'estime l'étude, vous ne l'estimez pas autant; *facio studium*, *non id facis tantidem.*

QUE *après autant, aussi.*

III. Quand il est devant un nom de choses qui ne se comptent pas, s'exprime par *quantùm* avec le génitif.

Ex. Autant de modestie que de science, *tantùm modestiæ, quantùm doctrinæ;* ou *tanta modestia, quanta doctrina.*

Devant un nom de choses qui se comptent, il s'exprime par *quot.*

Ex. Autant de fruits que de fleurs, *tot fructus, quot flores.*

Devant un adjectif ou un adverbe, par *quàm.*

Ex. Il est aussi prudent que brave; *tam prudens est, quàm fortis.*

Devant un verbe *ordinaire*, par *quantùm*, et un verbe de *prix* par *quanti.*

Ex. Il m'aime autant que je l'aime et que je l'estime, *tantùm me amat quantùm eum amo, quantique facio.*

Rem. Après *autant*, *aussi*, le *que*, suivi de *peu*, se rend par *quàm*, et alors *autant* s'exprime par *tàm magni.*

Ex. Il vous importe autant qu'il m'importe peu... *tuâ tam magni refert quàm parvi meâ...*

Après *aussi*, *autant*, *plus*, on tourne *qu'homme du monde*, *que qui que ce soit*, par : que celui qui l'est le plus; *quàm qui maximè.*

*

Que chose du monde, que quoi que ce soit, par : que ce qui l'est le plus.. ; *quàm quod maximè.*

Que jamais, par : que lorsqu'il l'est, l'étoit le plus... ; *quàm cùm maximè.*

Qu'en aucun lieu du monde, par : que dans le lieu où cela est le plus..., *quàm ubi maximè*, en observant de substituer, devant un verbe de prix, *quanti* à *quàm*, et *plurimi* à *maximè.*

Ex. Il est aussi prudent qu'homme du monde, *tàm prudens est quàm qui maximè* (*prudens est*).

Il a été autant estimé que qui que ce fût, *tanti æstimatus est, quanti qui plurimi* (*æstimatus fuit*).

Il est aussi paresseux que jamais, *tàm piger est, quàm quùm maximè.*

On s'amuse dans la ville de Paris autant qu'en aucun lieu du monde, *tantùm in urbe Lutetiæ delectantur, quantùm ubi maximè.*

AUTANT répété se rend par *quantùm*, *quot*, *quanti*, et par *tantum, tot*, *tanti*, selon les mots auxquels il se rapporte.

R. *Quantùm*, *quot*, *quànti* se mettent devant le sujet de la proposition comparative qui se fait par *autant ;* et *tantùm*, *tot*, *tanti*, se placent devant la *conséquence* de cette proposition.

Ex. Autant il avoit de science, autant il avoit de modestie ; *quantùm doctrinæ in eo, tantùm modestiæ inerat.*

Autant d'hommes, autant d'opinions; *quot homines, tot sententiæ.* (suppléez deux fois *sunt.*)

Autant la politesse plaît, autant la grossièreté déplaît, *quàm delectat urbanitas, tam offendit rusticitas.* (1)

D'*autant* devant *plus, moins que...* s'exprime par *eò* ou *tantò. Plus, moins* se rendent selon les mots auxquels ils se rapportent; le *que* s'exprime par *quò* ou *quantò* devant un comparatif et se place devant le sujet ou terme de la proposition.

Ex. Il est d'autant plus prudent qu'il est plus timide, *eò* (2) *prudentior est quò timidior est.*

Vous serez d'autant plus estimé que vous serez plus modeste, *eò pluris facies quò modestior eris.*

Quand après d'*autant plus* le *que* n'est pas suivi d'un comparatif, il s'exprime par *quod.*

Ex. Il est d'autant plus brave qu'il n'a jamais craint la mort, *eò fortior est quod nunquam timuit mortem.* (*Quod* pour *ob id negotium quod est : nunquam, etc.*)

Rem. A proportion que se tourne par d'*autant plus,* et s'exprime de même. Il est plus prudent à proportion qu'il est plus timide, *eò prudentior quò timidior est.*

---

(1) Les mots *science, hommes, politesse* forment le sujet des trois propositions ci-dessus; et les mots *modestie, opinions* et *grossièreté* sont la conséquence de la proposition.

(2) *Eò* est placé devant la conséquence.

PLUS *ou* MOINS *répétés.*

Sont la même chose que d'*autant plus*; mais la phrase est renversée ; ils s'expriment par *quò* et par *eò*, et ce dernier se place, comme on l'a dit, devant la *conséquence.*

Ex. Plus il est timide, plus il est prudent, *quò timidior eò prudentior est.*

Plus on, *plus une personne*, se tourne par plus quelqu'un, *quò quis* avec un comparatif. *Plus une chose* se tourne par *plus quelque chose*, *quò quid.* (et non pas *aliquid*; après *quò* on retranche *ali.*)

Ex. Plus on est bon, plus on est louable, *quò quis melior*, *eò laudabilior est.*

Lorsqu'il se trouve un *que* conjonctif devant le premier plus ou moins, ce *que* retombe sur le second *plus* ou *moins.*

Ex. Tout le monde convient que plus une chose est difficile, plus il faut y apporter de soin, *fatentur omnes; quò quid difficilius est*, *eò majorem ad id adhibendam esse curam.*

Le premier *plus on* peut encore se rendre par *ut quisque* avec le superlatif, et le second, par *ità* avec un superlatif encore.

Ex. Plus on est vicieux, plus on est malheureux ; *ut quisque vitiosissimus est*, *ità miserrimus est.*

Le plus, le moins *devant un adjectif.*

Le plus s'exprime par *maximè*, et *le moins* par *minimè* avec le superlatif.

Ex. Le plus sage de tous, *omnium sapientissimus*, ou *maximè sapiens*; le moins sage, *minimè sapiens.*

Devant un verbe de prix, etc.

Le plus se rend par *maximi*, et *le moins* par *minimi.*

L'écolier que j'estime le plus, *Discipulus quem plurimi omnium facio.*

Devant un adjectif ou un adverbe suivi d'un que adverbe, *le plus* se rend par le superlatif, devant lequel on met *quàm*; et *le moins* par *quàm minimè* avec le positif.

Ex. Soyez le plus indulgent et le moins vain que vous pourrez, *esto quàm facillimus, nec non quàm minimè superbus.* (*Que vous pourrez* ne s'exprime guère dans ces sortes de phrases.) *Nec non* pour *et.*

Devant un nom singulier, suivi d'un *que* adverbe, *le plus* s'exprime par *quàm plurimum*, et *le moins* par *quàm minimùm* avec le génitif, ou par *quàm plurimus* ou *minimus, a, um* qu'on fait accorder avec le nom.

Ex. Il a employé le plus de diligence qu'il a pu, *adhibuit quàm plurimùm diligentiæ*, ou *quàm plurimam potuit diligentiam* ; le moins de diligence, *quàm minimùm diligentiæ* ou *quàm minimam potuit diligentiam.*

Devant un nom pluriel de choses qui se comptent, suivi d'un *que* adverbe, *le plus* s'exprime par *quàm plurimi, mæ, ma*; et *le moins*, par *quàm paucissimi, æ, a* que l'on fait accorder avec le nom.

Ex. Il a le plus ou le moins de livres qu'il peut, *quàm plurimos* ou *quàm paucissimos potest libros habet.*

Devant un adjectif suivi d'un *qui* ou *que* adjectif-conjonctif, *le plus* se rend par le superlatif; et *le moins*, par *minimè* avec le positif: le *qui* ou *que* par *qui, quæ, quod* avec le subjonctif.

Ex. Il est le plus ou le moins studieux que je connoisse, c.-à-d. de tous ceux que je connoisse, *est omnium quos noverim studiosissimus* ou *minimè studiosus.*

TANT DE... *que*, signifiant *autant de... que*, s'exprime de même.

Ex. Il n'a pas tant de science que de présomption, T. autant de... *non in eo est tantùm doctrinæ quantùm arrogantiæ.*

Il n'y a pas tant de vertus que de vices, *non sunt tot virtutes quot vitia.*

Tant devant un comparatif, se rend par *tantò*.

Ex. Tant mieux, *tantò melius*; tant pis, *tantò pejus*.

Avec *tant*, signifiant *tellement*, le *que* suivant s'exprime par *ut* avec le subjonctif.

Ex. Il a reçu tant de coups, qu'il en est mort, *tot plagas accepit, ut mortuus sit.*

J'estime tant la sagesse que... *tanti facio sapientiam ut.*

Tant que, signifiant *tandis que*, *aussi longtemps que*, s'exprime par *dùm*, *donec*, *quamdiù*.

Ex. Tant que vous serez heureux vous compterez beaucoup d'amis, *donec eris felix multos amicos numerabis.*

Tant qu'il a vécu, *quamdiù vixit.*

Tant... que... signifiant *non seulement*, *mais encore*, se rend par *tùm* répété ou par *cùm*, *tùm*.

Ex. Les philosophes tant anciens que modernes, *philosophi tùm veteres, tùm recentiores.*

Non pas tant pour... que pour... se rend par *non tàm ut... quàm ut...* avec le subjonctif.

Ex. Je vous écris, non pas tant pour vous dire que pour savoir de vous... *ad te scribo non tàm ut tibi dicam, quàm ut ex te sciam.*

Tant, signifiant *tant il est vrai*, se rend par *adeò* devant un adjectif ou un verbe ordinaire; par *tanti* devant un verbe de prix; et par *tantò* devant un comparatif.

Ex. Tant est rare une amitié fidèle! *adeò rara est fidelis amicitia!* Tant la sagesse l'emporte sur les richesses! *tantò præstat divitiis sapientia!*

Assez *pour*...

Assez, suivi de pour, se tourne par *tant* et se rend par *tantùm*, *tot* et *tanti* selon le rapport aux mots ou par *tàm*, et le *pour* ou le *que*, s'exprime par *ut* avec le subjonctif.

Ex. Avez-vous assez de loisir pour lire même des fables? T. tant de loisir, que vous lisiez... *est ne tibi tantùm otii ut etiam fabulas legas?*

Je ne suis pas assez sot pour me croire savant; T. si sot que je me croie... *non sum tàm demens, ut doctum me esse putem* ou *qui doctum esse me putem.*

Il n'est pas assez estimé pour que... T. si estimé que... *non tanti fit ut...*

Assez peu, suivi de pour, se tourne par *si peu*, et s'exprime par *tàm*; peu, selon le *rapport*, et le *pour* ou *que*, par *ut.*

Ex. J'ai assez peu d'ambition pour mépriser les honneurs; T. si peu d'ambition que je méprise... *inest in me tam parùm ambitionis, ut honores despiciam.*

TROP *pour...*

Trop se tourne par *plus*, qu'on exprime selon le *rapport*; et *pour*, se rend par *quàm ut* avec le subj.

Ex. Il a avalé trop de poison pour recouvrer la santé, *Plus veneni hausit, quàm ut sanitati restituatur* ou *quàm qui sanitati, etc.* (suppléez *oportet* entre *quàm* et *ut.*)

Il a commis trop de crimes pour que... *plura admisit scelera, quàm ut...*

Je suis trop élevé pour que la fortune puisse me nuire, *major sum, quàm ut fortuna mihi nocere possit*, ou *quàm cui...*

Je vous estime trop pour vous blâmer, *pluris te facio quàm ut te vituperem.*

Trop peu se tourne par *moins* et s'exprime de même, et le *pour* qui suit, par *quàm ut.*

Il a trop peu d'esprit pour conduire cette affaire; T. moins d'esprit... *minus habet ingenii, quàm ut rem gerat.*

Il avoit trop peu de soldats pour vaincre, *pauciores habebat milites, quàm ut vinceret.*

Il étoit trop peu estimé pour... *minoris æstimabatur, quàm ut...*

Noms de matière, de distance et d'espace.

Matière. Le nom qui exprime la matière dont une chose a été faite, se met à l'ablatif avec *è* ou *ex*.

Ex. Un vase d'or, *vas ex auro*.

Une statue d'airain, *signum ex œre*, ou *œneum* (en faisant du nom un adjectif (1).)

Mesure, distance et espace.

Le substantif qui marque ces trois choses se met à l'accusatif ou à l'ablatif sans préposition.

Ex. Un voile long de trois aunes, *velum longum* (ad) *tres ulnas*, ou (ex) *tribus ulnis*.

Il est éloigné de vingt pas, *distat* ou *abest viginti passus* ou *passibus*.

Le nom de *mesure*, précédé d'un *comparatif* se met toujours à l'ablatif.

Ex. Vous n'êtes pas plus grand que moi de deux doigts, *duobus digitis major me non es*.

Le lieu précis où une chose est arrivée se met à

---

(1) Pourvu qu'il ne soit pas suivi d'un autre adjectif. Ex. Une statue de marbre poli, *statua ex marmore perpolito*, et non pas *marmorea perpolita*.

l'ablatif sans préposition, ou à l'accusatif avec *ad*, et l'on se sert alors du nombre ordinal.

Ex. Il est tombé à quatre pas d'ici, *cecidit quarto abhinc passu* ou *ad quartum abhinc passum.*

Instrument, cause, manière.

Le substantif qui exprime l'instrument dont on se sert pour faire une chose; la cause pour laquelle elle se fait, se met à l'ablatif sans préposition.

Ex. Frapper de ou avec l'épée, *ferire gladio.* (cùm.)

[Cause.]

Il mourut de faim, *fame interiit.* (præ.)

[Manière.]

Vous l'emportez en beauté, en grandeur, *vincis formâ, vincis magnitudine.*

Le nom de la *partie* se met à l'ablatif sans préposit.

Ex. Je tiens le loup par les oreilles, *teneo lupum auribus.* (ex.)

Prix, valeur de la chose.

Le nom qui les exprime, se met à l'ablatif sans préposition.

Ex. Ce livre coûte vingt sous, *hic liber constat viginti assibus.* (pro.)

Nom de temps.

Le nom qui marque qu'une chose s'est faite ou se fera, se met à l'ablatif sans préposition.

Ex. Il viendra dimanche, c.-à-d. dans le jour de... *veniet die dominicâ* (in.); le mois prochain, *mense proximo.* (in)

Temps de la durée d'une chose.

Il se met à l'accusatif ou à l'ablatif sans préposition, et l'on emploie le nombre cardinal.

Ex. Il a régné trois ans, *regnavit tres annos*, (per) ou *tribus annis.* (in.)

L'époque ou le commencement de la durée.

Le nom de temps depuis lequel une chose dure, se met à l'accusatif avec le nombre *ordinal* ou *cardinal.*

Ex. Il y a trois ans qu'il règne, *tertium annum regnat* (1) ou *à tribus annis.* Il y a long-temps ou plusieurs années que je suis lié avec votre père, *multos annos utor familiariter patre tuo.* (per.)

Temps passé et révolu ou ne durant plus.

Le nom qui l'exprime se met à l'accusatif ou à l'ablatif avec *abhinc* avec le nombre cardinal. (*abhinc* signifie *ab hâc die.*)

Il y a trois ans qu'il est mort, *tribus abhinc annis* (à) ou bien *tres abhinc annos mortuus est.* (antè.)

---

(1) Les Latins disoient : *regnare regnum* régir, gouverner l'empire.

Espace de temps employé à faire la chose.

Il se met à l'accusatif avec *intrà.*

Ex. Dieu a créé le monde en ou dans l'espace de six jours, *Deus mundum creavit intra sex dies.*

Dans *suivi d'un nom de temps.*

Il s'exprime par *post,* quand il signifie *après.*

Ex. Je partirai dans trois jours; T. *après*; *post tres dies proficiscar.*

DES NOMS DE NOMBRE.

Tous les noms de nombre, jusqu'à cent, sont indéclinables, excepté *unus*, *duo* et *tres.*

Depuis vingt jusqu'à cent, l'on dit : *viginti unus*, *viginti duo*, etc. en mettant le nombre le plus grand le premier; ou *unus et viginti*, *duo et viginti*, en mettant la conjonction après le nombre le plus petit.

Passé le nombre cent, on dit : *centum unus*, *centum et unus*; *centum duo*, *centum et duo*, soit qu'on emploie ou non la conjonction.

Avec les nombres ordinaux, on dit : *tertius decimus*, ou *decimus et tertius*, en mettant le nombre le plus petit *le premier* sans conjonction ou *le second* avec la conjonction.

Mais au-delà du vingtième, on dit : *vicesimus primus* ou *primus et vicesimus*.

Passé *le centième*, c'est toujours par le plus grand nombre que l'on commence.

Mille est indéclinable au singulier. On dit indifféremment *mille homines* ou *mille hominum*; mais il faut au pluriel *duo, tria, quatuor millia* ou *bis mille, ter* ou *quater mille.*

On dit *mille homines perierunt* ou *mille hominum periit.*

L'an deux ou trois mille, *annus bis* ou *ter millesimus.* L'an dix-huit cent quatorze, *annus millesimus octingentesimus quartus decimus.*

Le deux, le trois, c.-à-d. le deuxième, le troisième jour... *mensis dies secundus, tertius.*

Vingt et une fois, *semel et vicies* ou *vicies semel*, etc. en plaçant le plus petit nombre le premier avec la conjonction, ou le dernier sans la conjonction.

Cent vingt fois, cent vingt et une fois, etc. *centies vicies, centies vicies semel*, ou *centies et vicies*, en commençant toujours par le nombre le plus grand, au-dessus de *centies* (cent fois) avec ou sans la conjonction.

COMPLÉMENTS DES NOMS DE LIEU.

On distingue quatre sortes de *compléments* de lieu : 1° de *station*, marquant le lieu où l'on est, où l'on fait quelque chose; 2°. celui de *tendance*, exprimant le mouvement pour aller, venir en quelque lieu, partir pour quelque lieu; 3°. celui de *départ* ou de *retour* de quelque lieu; 4°. enfin celui de *passage*, marquant le lieu par lequel on passe.

Complément de station.

Au complément de station, le nom du lieu où l'on est, où l'on fait quelque chose, se met à l'ablatif avec *in*. Ex. Je suis en France; *sum in Galliâ.*

Il court dans le jardin; *in horto currit.* (Il ne sort pas du lieu.)

La préposition ne s'exprime pas devant un nom propre de ville. Ex. Il est né à Avignon, *natus est Avenione*; à Athènes, *Athenis.*

Si le nom propre de ville est au singulier, et de la première ou seconde déclinaison, il se met au *génitif* parce qu'on sous-entend *in urbe.* Ex. Il demeure à Lyon ou à Rome, *habitat Lugduni*, *vel Romæ.*

Les noms *domus* et *humus* se mettent aussi au *génitif*, parce qu'ils sont précédés d'un substantif sous-entendu. Est-il à la maison? *est-ne domi*? (*In ædibus*, dans les appartemens.) En temps de guerre, *militiæ*, *belli* (sous-entendu *tempore*). Il m'a jeté par terre, *humi me prostravit.*

Le nom de la personne se met à l'accusatif avec *apud.* Ex. Je soupois chez vous, *cœnabam apud te.*

Sur, *auprès*, joints à un nom de personnes, s'expriment : *sur*, par *apud* avec l'accusatif; et *auprès*, par *apud* ou *propter* avec l'accusatif.

Ex. Il a beaucoup de pouvoir sur le roi ou sur l'esprit du roi; *multâ autoritate valet apud regem.*

Il étoit assis près de lui; *propter eum sedebat.*

Il étoit couché près de nous; *propter nos cubabat.*

Adverbes de lieu.

Où, *ubi.* Ici où je suis, *hîc.* Là où tu es, *istic.* Là où il est, *illic.* Là, y; *ibi.* Ailleurs, *alibi.* Quelque part, *alicubi, uspiam.* Partout, en quelque lieu que ce soit; *ubicumque.* Là même, *ibidem.* Nulle part, *nusquàm.* Dehors, *foris.* Dedans, *intùs.*

Complément de tendance.

Le nom du lieu où l'on va, se met à l'accusatif avec *in*, quand on entre dans le lieu; et avec *ad*, qnand on ne va qu'auprès.

Ex. Je vais en France, *eo in Galliam;* à la ville, *in urbem.* Ils allèrent au même ruisseau, *venerunt ad eumdem rivum.*

On sous-entend la préposition devant un nom propre de ville et devant *rus, domum.*

Ex. J'irai à Paris, *ibo Lutetiam;* à Lyon, *Lugdunum.*

Je vais à la campagne, *eo rus;* à la maison, *eo domum* (1).

---

(1) *Rus* et *domus* s'emploient dans les compléments de noms de lieu comme le font les noms propres de villes.

Avec le verbe *petere* employé pour signifier *aller*, le nom de lieu se met toujours à l'accusatif, sans préposition. Ex. Je vais au collége, *peto collegium.*)

Le nom de la *personne* et celui de la *chose* se mettent à l'accusatif avec *ad.*

Ex. Je vais chez mon père, *eo ad patrem* ; au sermon, *ad sacram concionem.*

Adverbes de lieu.

Quò ou *quònam vadis*? où allez-vous ?

Ici où je suis, *huc.* Là où tu es, *istuc.* Là où il est, *illuc.* Là, y; *eò.* Ailleurs, *aliò.* Quelque part, *quòpiàm.* Partout où, en quelque lieu que ce soit, *quòcumque.* Là même, *eòdem.* Nulle part, *nusquàm.* Dehors, *foràs.* Dedans, *intrà.*

Complément de départ ou *de retour.*

Le nom du lieu d'où l'on part, d'où l'on vient, se met à l'ablatif avec *è* ou *ex.*

Ex. Je reviens de la France, *redeo ex Galliâ* ; de la ville, *ex urbe.* Il est sorti de la chambre, *egressus est è* ou *ex cubiculo*, ou *cubiculo*, parce que *egredi* porte avec lui sa préposition.

La préposition ne s'emploie jamais devant les noms propres de villes ni devant *rus*, *domus.*

Ex. Je reviens de Rouen, *redeo Rothomago* ; de la campagne, *rure*; de la maison, *domo.*

Le nom de la personne et celui de la chose se mettent à l'ablatif avec *à* ou *ab*.

Ex. Je reviens de chez mon père, *venio à patre meo*; de la chasse, *à venatione*.

Adverbes de lieu.

Undè venis? d'où venez-vous?

D'ici où je suis, *hinc*. De là où tu es, *istinc*. De là où il est, *illinc*. De là, en, *indè*. De quelque part, *alicundè*. De quelque endroit que ce soit, *undècumque*. Du même lieu, *indidem*.

Complément de passage.

Tous les noms des lieux par où l'on passe, se mettent à l'accusatif avec *per*.

Ex. J'ai passé par la France, *iter feci per Galliam*; par Lyon, *per Lugdunum*.

Quand on se sert de *transire* (1), composé de *trans* et de *ire*, aller au-delà, on met l'accusatif sans préposition.

Ex. Il passa par la ville, *transiit urbem*.

---

(1) Si cependant on se sert de *transire* pour exprimer *passer d'une chose*, ou d'uue *personne* à une autre, on met alors l'accusatif avec *ad*. Ex. Il passa d'un discours à un autre, *ab alio ad alium sermonem transiit*; du côté des ennemis *ad adversarios transiit*.

Par chez, avec un nom de personne, se tourne ainsi : par la maison de, *per domum*.

Ex. Je passerai par chez mon oncle, *iter habebo per domum avunculi mei.*

Rem. Quand après un nom propre de ville se trouve le nom commun *ville*, *lieu*, *endroit*, on met d'abord le nom propre au cas marqué pour les noms de lieu, mais on exprime la préposition devant le nom commun.

Ex. Ils s'arrêtèrent à Corinthe, lieu célèbre; *constiterunt Corinthi, in loco nobili.*

Je vais à Rome, ville d'Italie; *eo Romam, in urbem Italiæ.*

Je reviens de Lyon, ville de France; *redeo Lugduno, ex urbe Galliæ.*

Si le nom commun *ville* est devant le nom propre, on exprime la préposition, et l'on met le nom propre au cas de la préposition.

Ex. Il demeure dans la ville de Lyon, *habitat in urbe Lugduno.*

Domus et *rus*, suivis d'un génitif ou d'un adjectif, prennent la préposition.

Ex. Il demeure dans la maison de César, dans une campagne agréable; *habitat in domo Cæsaris, in rure amœno.*

Adverbes de lieu.

Par où, *quà*. Par ici où je suis, *hàc*. Par là où tu es, *illac*. Par là où il est, *istac*. Par là, y, *eà*. Par quelque endroit, *aliquà*; Par quelque endroit que ce soit, *quàcumque*. Par le même lieu, *eàdem*.

Nota. Quand les adverbes de lieu *ubi, quò, quâ, undè* se trouvent entre deux verbes, le second se met toujours au subjonctif en latin. Ex. Je voudrois savoir où il va, *scire velim quò eat*; s'il a de quoi boire, *si habuerit undè bibat*.

Rem. Les adverbes de *temps* et de *lieu* se construisent avec le génitif.

Ex. En quel lieu du monde? *Ubi terrarum* ou *gentium*. Nulle part, en aucun lieu du monde, *nusquàm gentium*.

Ces deux adverbes *Pridiè*, la veille; *postridiè*, le lendemain, se construisent avec le gén. ou l'acc.

Ex. Le jour de devant les Calendes, *pridiè Calendarum* ou *calendas* (antè.) Le jour d'après les Ides, *postridiè Iduum* ou *Idus* (post.)

(Les adverbes *en*, *ecce*, voici, voilà, sont suivis du nominatif ou de l'accusatif. Ex. Voici, voilà le loup, *en*, *ecce lupus* (sous-entendu *adest*); *en ecce lupum* (sous-entendu *aspice*.)

Que, après les *adverbes* et les *noms de temps*, s'exprime par *quùm* (ou *exquo* sous-entendu *tempore*), quand il peut se tourner par *depuis que*.

Ex. Présentement que.... *nunc quùm*, hier que... *heri quùm*... La dernière fois que je vous vis, *proximè quùm te vidi*. Un jour que nous étions ensemble, *quâdam die quùm unà essemus*.

Il y a long-temps que je vous attends, T. long-temps est... *diù est quùm te expecto*.

Du temps qu'Athènes florissoit, *tùm quùm Athenæ florerent.* Un jour viendra que... *veniet* ou *erit tempus quùm.* Il y a des temps que... *incidunt tempora quùm.* Il y a deux ans qu'il est mort ; *duo anni effluxere ex quo mortuus est*, (et non pas *ex quibus.*)

QUE *précédé de Apeine, Aussitôt, Plus tôt, Plutôt.*

A peine, se rend par *vix*, et le *que*, par *quùm* avec l'indicatif. Ex. A peine fut-il arrivé, qu'il se mit à lire, *vix advenit quùm legere cœpit.* Avoit-il soupé, il s'en alloit, ou lorsqu'il avoit ; à peine avoit-il soupé qu'il... *vix cœnaverat, quùm abibat*, ou *cùm cœnaverat, abibat.*

Aussitôt que se rend par *statim ut. Ne, pas plutôt que*, est la même chose. Ex. Il ne vous eut pas plutôt vu, qu'il accourut ; *statim ut te vidit, accurrit.*

Plus tôt, signifiant de *meilleure heure*, se traduit par *maturiùs* ; et s'il signifie *plus vite*, par *celeriùs, citiùs.* Ex. Il s'est levé plus tôt qu'à l'ordinaire ; *maturiùs solito surrexit.* Il est arrivé plus tôt qu'on ne pensoit, *citiùs venit quàm putabant.*

Plutôt, marquant la préférence d'une chose sur une autre, se rend par *potiùs*, et *que de*, par *quàm* avec le subjonctif. Ex. Travaillez plutôt que de perdre votre temps ; *labora potiùs quàm tempus teras.*

Celui, celle, ceux, employés pour un nom précédent, ne s'expriment pas en latin par *ille*, *illa*, *illud*; mais par la répétition du nom précédent. Ex. Les qualités de l'âme sont bien préférables à *celles* du corps; *animi dotes corporis dotibus longè prœstant.* La vie des hommes est plus courte que celle des corneilles; *brevior est vita hominum, quàm cornicum vita*; ou, sans répéter le nom lorsqu'il doit être mis au même cas : *brevior est hominum, quàm cornicum vita.*

C'EST, *c'est ainsi que, ce n'est pas que, ce qui, ce que.*

C'est, comme on l'a déjà vu, ne s'exprime point. Ex. *C'est donc comme cela, est-ce ainsi que* vous étudiez? *siccine studes?* C'est vous que je blâme; *te ipsum vitupero.*

II. *Ce n'est pas que*, se rend par *non quòd*; *mais c'est que*, par *sed quòd.* Ex. Ce n'est pas que je croie, mais c'est que... *non quòd credam*, *sed quòd.*

Ce n'est pas que, suivi d'un comparatif, se rend par *non quò... sed quò.* Ce n'est pas que l'un me soit plus cher que l'autre; *non quò mihi alter altero carior.*

Ce n'est pas que, suivi d'une négation, se rend par *non quin....* Ce n'est pas que je ne pense. *non quin existimem.*

III. *Ce n'est pas à dire, est-ce à dire pour cela que*, se rendent par *non continuò*, *non ideò... an continuò.... an ideò.* Ex. Quoiqu'il ait beaucoup lu, ce n'est pas à dire pour cela qu'il se croie versé dans la littérature ; *quamvis multa legerit, non continuò eruditum se habet.*

IV. *Ce qui, ce que*, suivi de *c'est* et d'un *nom*, ne s'expriment pas en latin. Ex. Ce qui me chagrine le plus, c'est votre mauvaise santé ; T. Votre mauvaise santé me chagrine le plus ; *valetudo tua me potissimùm sollicitat.*

Ce qui, ce que, suivis de *c'est que*, se rendent par *illud.* Ex. Ce que j'espère, c'est que je serai heureux, *illud spero me futurum felicem.*

Ce que je crains, c'est que... *illud vereor ne.*

Ce dont je doute, c'est que... *illud dubito an.*

Ce qui me console, c'est que... *illud me solatur quòd...*

V. *C'est*, devant un *infinitif* suivi de *que de*, se tourne par *celui qui.* Ex. C'est se tromper que de croire... T. Celui qui croit... se trompe... *errat, qui putat.*

De *suivi d'un infinitif.*

I. Quand il peut se tourner par *si*, s'exprime en latin par *si.* Ex. Vous me ferez plaisir de lui écrire, *pergratum mihi feceris, si ad eum scripseris.*

II. Quand *de*, suivi d'un *infinitif*, peut se tourner par *moi qui, vous qui*, on le rend par *qui, quæ, quod*, avec le subjonctif. Ex. Que vous êtes bon d'être venu me voir ! *O te bonum* (habeo) *qui me inviseris* !

III. *Etre, n'être pas capable de*, ayant pour sujet un nom de chose animée, s'exprime par *posse*, *possum*. Ex. Tous les trésors du monde ne sont pas capables de satisfaire son avarice; *thesauri quilibet illius avaritiam satiare non possunt.*

A *devant un infinitif.* Etre homme ou femme à...

I. *A*, précédé d'un *nom*, et pouvant se tourner par *qui*, *que*, s'exprime par *qui*, *quæ*, *quod* avec le subjonctif. Ex. Je n'ai rien à vous dire; T. que je vous dise, *nihil est quod tibi dicam.*

II. *A*, pouvant se tourner par *si*, s'exprime en latin par *si*. Ex. A le voir ou à l'entendre parler, vous diriez; T. Si vous le voyiez... *quem si videas, vel loquentem audias, dicas.*

III. Quand *à* peut se tourner par *pour* ou *afin que*, il se rend par *ut* avec le subjonctif, et s'il s'y joint une négation, par *ne* (pour *ut non, ut ne.*) Ex. A dire vrai, T. pour ou afin que je dise vrai; *ut verum dicam.*

A ne pas mentir; *ne mentiar.*

IV. *Etre homme ou femme à*, *n'être pas capable de...* se tournent par *n'être pas celui*, *celle qui*, et s'exprime par *non is,... qui*, *non ea quæ* avec le subjonctif, et le deuxième verbe est toujours à la même personne que le premier. Ex. Je ne suis pas homme à reculer; *non is sum qui pedem referam.* Votre mère n'est pas femme à élever mal ses enfans; *non ea est tua mater quæ liberos suos malè instituat.*

Pour. *Différentes manières de l'exprimer.*

I. *Pour* signifiant *envers*, se rend par *in* ou *erga* avec l'accusatif.

Ex. Mon zèle pour vous, *meum in te studium.*

II. *Pour* signifiant *pour l'amour de*, se rend par *causâ*, *gratiâ* ou *ergo*, avec le génitif. (*Ergo* se met après son complément.)

Ex. Je le ferai pour lui, *id illius causâ*, *illius ergo faciam*; pour vous, *tuâ causâ* (et non pas *meî*, etc.).

III. *Pour* signifiant *au lieu de*, se rend par *pro* avec l'ablatif.

Ex. Pour une épée, il prit un bâton; *pro gladio*, ou *loco gladii*, *fustem sumpsit.*

IV. *Pour* signifiant *à cause de*, se rend par *ob* ou *propter* avec l'accusatif.

Ex. Je l'aime pour son exactitude, *illum propter diligentiam amo.*

V. *Pour* marquant l'*intention*, le *motif*, se rend par *in* avec l'accusatif.

Ex. Employez tous vos soins pour votre santé, *omnem curam in valetudinem confer.*

VI. *Pour* signifiant *à l'avantage*, *au désavantage de*, se rend par le *datif* du nom suivant.

Ex. Je craignois pour votre vie et pour vos amis; *vitæ tuæ, amicisque tuis metuebam.*

Il a demandé grâce au roi pour vous; *veniam tibi à rege petivit.*

VII. *Pour* devant un *infinitif* se rend par *ad* avec le gérondif en *dum* ou par *ut* (afin que) avec le subjonctif ou par *causâ*, *gratiâ*, avec le gérondif en *di*.

Ex. Il se leva pour répondre; *surrexit ad respondendum* ou *ut responderet* ou *respondendi causâ*.

On peut se servir aussi du futur en *rus*, *ra*, *rum*.

Ex. *Surrexit responsurus*.

VIII. *Pour* suivi d'un infinitif, peut se tourner par *qui*, *que*, et se rend par *qui*, *quæ*, *quod*, que l'on met au cas du verbe suivant.

Ex. Il m'envoya quelqu'un pour m'avertir; T. : qui m'avertît; *misit hominem qui me moneret*.

IX. *Pour* signifiant *quoique*, se rend par *quamvis*.

Ex. Pour n'avoir pas déjeûné ce matin, ce n'est pas à dire pour cela, ou il n'en faut pas conclure, qu'il soit malade; *quamvis hodie manè non jentaverit, non ideò ægrotat*.

X. *Pour* suivi d'un *comparatif*, se rend par *quò*.

Ex. Reposez-vous pour mieux travailler, *otiare quò meliùs labores*.

XI. *Pour* accompagné d'une négation, se rend par *ne* avec le subjonctif.

Ex. Pour ne pas vous ennuyer, *ne vobis tædium afferam*. (ut non)

XII. *Pour peu que*, se tourne par *si peu que*, et s'exprime par *si vel minimùm*.

Ex. Pour peu que vous vouliez réfléchir, *si vel minimùm cogitare volueris*.

XIII. *Pour vous*, *pour moi*, se rend par *verò* que l'on met après le nom.

Ex. Pour moi, je suis prêt; *ego verò sum paratus.* Pour vous, il vous importe; *tuâ verò interest.*

XIV, *Pour* signifiant *eu égard à...*, se rend par *ut*, et quelquefois par *pro* avec l'ablatif.

Ex. Il avoit assez de sagesse pour un écolier, *erat magna ut in discipulo sapientia.* Il étoit assez habile pour ce temps-là, *erat ut illis temporibus eruditus.* Il est assez fort pour son âge, *pro ætate satis strenuus est.*

Sans *devant un infinitif français.*

I. *Sans*, précédé d'un verbe sans négation ou interrogation, se tourne par *et ne... pas*, et se rend par *nec.*

Ex. Il est sorti sans fermer la porte; T. : et n'a pas fermé...; *exiit, nec fores clausit.*

II. *Sans*, précédé d'un verbe accompagné d'une négation ou d'une interrogation, se tourne par *que... ne*, et s'exprime par *quin* ou *nisi.*

Ex. Personne ne devient ou qui peut devenir savant sans lire beaucoup? *Nemo fit doctus* ou *quis potest doctus fieri, quin multa legat?* (à moins que..., si ce n'est que...)

III. *Sans*, dans la signification de *avant que*, peut se rendre par *antequàm* ou *priusquàm.*

Ex. Je ne partirai pas sans vous avoir dit adieu, *non proficiscar priusquàm tibi vale dixerim.*

IV. *Sans* devant un *infinitif* se rend :

Par *un nom dérivé du verbe.* Sans pleurer, *sine lacrymis*; sans craindre, *sine metu.*

Par un *adjectif.* Passer les nuits sans dormir, *insomnes noctes ducere*; sans blesser sa conscience, *salvâ fide*; sans se plaindre, *æquo animo.*

Par un *adverbe.* Sans balancer, sans hésiter, *non dubitanter*; sans faire semblant de rien, *dissimulanter*; sans y penser, *temerè, imprudenter.*

Par un *participe.* Vous me comprenez sans que je vous le dise, *id etiam me tacente intelligis*; sans tarder, *nullâ interpositâ morâ*; sans rire, *remoto joco.*

Sans signifiant *pour que... ne...*, s'exprime par *ut* avec le subjonctif.

Ex. Sans parler d'Athènes; T. : pour que je ne parle pas..., *ut omittam Athenas.*

Avant, après, *suivis d'un infinitif français ou d'un nom.*

I. *Avant* suivi d'un infinitif, se tourne par *avant que*, et se rend par *antequàm*, *priusquàm*, avec le subjonctif.

Ex. Je lis, je lirai avant d'écrire; T. : avant que j'écrive; *lego*, *legam antequàm scribam.*

Avant, suivi d'un *parfait de l'infinitif*, peut se rendre par un *participe du passé*, en y ajoutant une négation. Ex. Il est parti avant d'avoir terminé l'affaire; c. à d. l'affaire n'étant pas terminée; *infecto negotio*, *profectus est.*

II. *Après* suivi du *parfait de l'infinitif actif*, se tourne par *après que*, et se rend par *postquàm*, *quùm*.

Ex. Après avoir lu, j'écris; T. : après que j'ai lu... ; *postquàm legi*, *scribo*. Après avoir lu, j'écrivois; *postquàm legeram*, *scribebam*, etc. etc.

III. *Après* suivi d'un *nom*, s'exprime par *post* avec l'accusatif.

Ex. Après la messe, *post missam*.

IV. *Après*, marquant *la seconde place*, *le second rang*, s'exprime par *secundùm* avec l'accusatif ou par *ab* avec l'ablatif.

Ex. Après Cicéron, il est sans contredit le premier des orateurs; *secundùm Ciceronem*, ou bien, *à Cicerone est oratorum facilè princeps*.

V. *Après*, signifiant *immédiatement après*, se rend par *sub* avec l'accusatif.

Ex. Après cette lettre, on lut tout haut la vôtre; *sub eas litteras*, *recitatæ sunt tuæ*.

Au lieu de... *bien loin de...*

I. *Au lieu de* s'exprime par *pro* avec l'ablatif, ou par *loco* avec le génitif.

Ex. Au lieu d'eau, il boit du lait; *pro aquâ* ou *loco aquæ*, *lac bibit*.

II. *Au lieu de*, suivi d'un *infinitif*, se tourne par *lorsque je devrois*, *lorsque tu....*, *lorsqu'il....*, quand il y a obligation de faire la chose.

Ex. Au lieu d'étudier, il joue; T. : lorsqu'il devroit.... ; *quùm studere deberet*, *ludit*.

III. Quand *au lieu de* signifie seulement *la faculté*, *la liberté* de faire la chose, on se sert du verbe *posse*, *possum*.

Ex. Au lieu de jouer, il lit; T. : lorsqu'il pourroit jouer..., *quum posset ludere, legit.*

IV. *Au lieu de...*, précédé de l'impératif, se tourne par : et ne, *non autem.*

Ex. Lisez au lieu de badiner; T. : lisez, et ne badinez pas; *lege, non autem nugare.*

V. *Au lieu que* se tourne par *au contraire*, *quant à vous*, et s'exprime par *verò*, *autem*, que l'on met après un mot.

Ex. Il travaille, au lieu que vous jouez; *laborat, tu verò ludis.*

VI. *Au lieu de*, suivi d'un *infinitif*, peut se tourner par *bien loin de*, qui s'exprime par *nedùm*, avec le subjonctif, et ne doit jamais se placer que dans le *second membre* de la phrase.

Ex. Bien loin, au lieu de m'aimer, il me regarde à peine; T. : il me regarde à peine, bien loin qu'il m'aime; *vix me aspicit, nedùm amet.*

Comme, *de même que...*

I. *Comme*, *de même que*, signifiant *de la même manière que*, se rend par *ut* ou *quemadmodum* avec l'indicatif; et *de même*, dans le second membre, se rend par *sic* ou *ità.*

Ex. Comme le feu éprouve l'or, de même l'adversité éprouve l'homme courageux; *ut* ou *quemadmo-*

dùm ignis aurum probat, *sic* ou *ità miseria fortes viros*. (probat.)

II. *Comme*, signifiant *pendant que*, *puisque*, se rend par *quùm* avec le subjonctif.

Ex. Comme on le menoit au supplice...; T. : pendant que...; *quùm ad supplicium duceretur*.

Comme, ou puisque la chose est ainsi; *quùm ità se res habeat*.

Faire *avec ses différentes significations*.

I. *Faire*, signifiant *faire en sorte*, se rend par *facere* ou *dare operam ut*... avec le subjonctif.

Ex. Faites-moi savoir; T. : faites afin que je sache, *fac ut sciam*.

II. *Faire connoître*, ayant pour sujet un nom d'objet inanimé, se tourne de la manière suivante :

Votre lettre m'a *fait connoître*; T. : j'ai connu par votre lettre; *ex litteris tuis cognovi*.

Faire, signifiant *contraindre*, *commander*, *engager*, se rend par *cogere*, *jubere*, *impellere*. Ex. Vous me faites rire, T. Vous me contraignez... *ridère me cogis*. Il fit tuer son chien, T. il ordonna son chien être tué; *jussit suum canem occidi*. (Après *jubeo*, le verbe se met toujours au présent de l'infinitif.) Cela m'a fait croire, T. m'a engagé à... *id me impulit ut crederem*.

IV. *Ne faire que de*, se tourne par *tout-à-l'heure*, et se rend par *modò*. Ex. Il ne fait que d'arriver, *modò advenit*.

V. *Ne faire que*, signifiant *toujours*, se rend

par *semper*, *perpetuò*. Ex. Il ne fait que bâiller, *semper oscitat*.

On rend ainsi les phrases suivantes : Faire sa paix avec quelqu'un ; *in gratiam redire cum aliquo*. Se faire donner quelque chose par force ; *aliquid extorquere*. Faire espérer à quelqu'un que... *aliquem in spem adducere*, (le que ne s'exprime pas). Faire concevoir une bonne opinion de soi ; *bonam sui* ou *de se spem concitare*.

ALLER, *devoir*, *il faut*, suivis d'un infinitif.

I. *Aller*, *devoir*, suivis d'un *infinitif* marquant seulement qu'une chose est près de se faire, ne s'expriment pas en latin, mais on met le verbe suivant au participe du futur avec le verbe *sum*, *es*, *est*, et au même temps que le verbe *aller* en français. Ex. Je vais ou je dois partir, *mox profecturus sum*. Nous devons partir, *profecturi sumus*. Cet arbre doit être arraché demain ; *hæc arbor cras evellenda est*.

II. Quand *devoir*, *il faut*, marquent *obligation*, il faut tourner par le passif et se servir du futur en *dus*, *da*, *dum*. Ex. Il faut réprimer les passions ; T. Les passions doivent être réprimées ; *comprimendæ sunt libidines*.

III. Quand le verbe qui suit *devoir*, *il faut*, n'a pas de complément *direct*, on se sert du participe neutre en *dum* avec *est*, et l'on met le pronom suivant au cas du verbe. Ex. Il faut servir Dieu ; *Deo serviendum est*, ou si l'on veut, *oportet Deo servire*.

Avoir besoin, suivi d'un infinitif, peut s'exprimer par le participe en *dus*, *da*, *dum*. Ex. *Il a besoin* d'être excité au travail, *is ad laborem est incitandus*.

Etre près de ... *sur le point de...*

Devant un *infinitif*, se tourne par *dans peu, bientôt*, et se rend par *mox* ou *jamjam*, et le verbe suivant se met au futur en *rus*, *a*, *um* pour l'actif, et *dus*, *a*, *um* pour le passif avec le verbe *sum*. Ex. Il étoit près, sur le point de mourir; *mox* ou *jamjam moriturus erat*, ou : *in eo erat ut moriretur*.

Il s'en faut beaucoup que, *il est bien loin de...* s'expriment par *multùm abest*; *combien s'en faut-il*, par *quantùm abest*, et le *que* suivant, par *ut* avec le subjonctif. Ex. Il s'en faut beaucoup que vous surpassiez vos condisciples; *multùm abest ut tuos superes condiscipulos*.

Vous êtes bien loin d'être muet; *multùm abest ut sis mutus*.

Faut-il que, par exclamation, ne s'exprime pas; le nom ou pronom suivant se met à l'*accusatif*, et le verbe à l'*infinitif*. Ex. Faut-il que je sois si paresseux! *me ne itù pigrum esse!* (oportet.)

Tant s'en faut que... *être si éloigné de...*

S'expriment par *tantùm abest*, et les deux *que*

suivants, par *ut* avec le subjonctif. Ex. Tant s'en faut qu'il vous haïsse, ou il est si éloigné de vous haïr, qu'au contraire il vous aime; *tantùm abest ut te oderit, ut contra te amet.*

On peut exprimer *tant s'en faut*, par *adeò non*, et le second *que*, par *ut*. *Adeò non te odit, ut contrà te amet*; ou bien le tourner par *bien loin de*, et l'exprimer de même : *te amat, nedùm oderit.*

Peu s'en faut, *il s'en faut peu que... il ne tient à rien que...*

S'expriment par *parùm abest*, et le *que*, par *quin* avec le subjonctif. Ex. Peu s'en faut que je ne sois fâché; *parùm abest quin sim iratus.* Peu s'en est fallu qu'il ne tombât; *parùm abfuit quin caderet*; ou seulement : il n'est pas tombé; *tantùm non cecidit*; ou enfin : il est presque tombé; *penè cecidit.*

Penser, *manquer*, *faillir*, suivis d'un *infinitif*, s'expriment de même que *peu s'en faut*. Ex. Il a pensé, failli tomber, *parum abfuit quin caderet*, ou *tantùm non* ou *penè cecidit.*

Verbes français ne s'exprimant pas en latin.

S'occuper à... se mêler de, *venir à*, *n'aller pas*, *ne servir qu'à*, et *savoir* devant un infinitif.

Ex. Il s'occupe à peindre, *pingit*; il se mêle de raconter, *narrat.* S'il vient à savoir cela; *id si res-*

cierit. N'allez pas croire; *ne existimes.* Cela ne sert qu'à faire éclater les passions; *id cupiditates inflammat.* Il sut profiter de la victoire; *victoriâ usus est.*

Laisser *devant un infinitif.*

Se tourne par *permettre que*, et s'exprime par *sinere.* Ex. Vos chants ne me laissent pas dormir; *cantus tui non sinunt me dormire.*

Ne pas laisser de, devant un *infinitif*, se tourne par *cependant*, *tamen.* Ex. Quoique je vous attende vous-même, ne laissez pas de donner une lettre; *quanquàm te ipsum expecto, da tamen epistolam.*

Venir de... *devant un infinitif français.*

Se tourne par *tout à l'heure*, *modò.* Ex. Il vient de partir; *modò profectus est.*

Ne pas manquer de... *devant un infinitif.*

Se tourne par *certainement*, *profectò.* Ex. Je ne manquerai pas de venir; *profectò veniam.*

Ne manquez pas, signifiant, *souvenez-vous*, se rend par *memento*, au pluriel *mementote*, et le *de* par *ut.* Ex. Ne manquez pas de l'avertir; *memento ut illum moneas.*

Avoir la force de... *devant un infinitif.*

Se rend par *sustinere*, *audere* avec l'infinitif latin. Ex. Avez-vous bien eu la force de nier cela? *sustinuisti, ausus es id negare?*

Il me tarde de... *je suis dans l'impatience de...*

Se rend par *nihil longius est quàm* avec l'*infinitif*, ou *quàm ut...* avec le *subjonctif*. Ex. Il me tarde de vous voir; *nihil mihi longius est quàm ut te videam.*

Avoir de la peine à... *devant un infinitif.*

Se tourne par *difficilement*, *ægrè*. Ex. Il a eu de la peine à écrire; *ægrè scripsit.* Il n'a pas eu de peine à se lever; *facilè surrexit.*

Il ne tient qu'à...

Se rend de cette manière : Il ne tient qu'à moi, qu'à vous, qu'à lui, que; *per me, per te, per illum unum stat quominùs...* et le subjonctif.

Avoir beau *devant un infinitif.*

Se tourne par *en vain*, *frustrà* ou quoique, *quamvis.* Ex. Vous avez beau dire, *frustrà dicis.* Vous avez beau crier; *frustrà vociferaris* ou *quamvis vociferere.*

A force de...*devant un infinitif.*

Se rend par le nom dérivé du verbe, avec *multus, a, um.* A force de travailler, il est devenu savant. T. Par beaucoup de travail.... *multo labore doctus evasit.*

POUR NE PAS DIRE.

Se rend par *ne dicam*, et le nom ou l'adjectif suivant, se met au même cas que celui qui précède, quand on rejette le premier verbe à la fin. Ex. Vous êtes un enfant, pour ne pas dire un badin; *tu puer, ne dicam, nugator es.*

AVOIR LE BONHEUR, *le malheur, l'honneur de..*

Avoir le bonheur ou *l'honneur de*, se rendent par *contingere ut*; et *le malheur*, par *accidere ut.* Ex. J'ai eu le bonheur ou l'honneur de voir le Roi; *mihi contigit ut regem viderem.*

J'ai eu le malheur de vous déplaire; *mihi accidit ut tibi displicerem.*

VOUS NE SAURIEZ CROIRE.

L'imparfait du subjonctif, au commencement d'une phrase, se met souvent, en latin, au présent du subjonctif, surtout avec *volo, nolo, malo, audeo* et *possum.* Ex. Vous ne sauriez croire; *vix credas*, ou *vix credideris.*

Vous le prendriez pour un sage ; *eum sapere putes.* Je souhaiterais que cela vous réussît ; *tibi velim res feliciter eveniat.* (Ut).

Avoir lieu, *sujet* ou *raison.*

Se tourne par le verbe *être* ; et l'infinitif suivant, se met au gérondif en *di.* Ex. Vous n'avez pas *lieu*, *sujet*, *raison* de craindre ; T. lieu n'est pas à vous... *tibi non est timendi locus*, ou *tibi non est quòd*, ou *cur timeas.*

Malgré.

I. *Malgré*, devant un nom de *personne*, se rend par *invitus, a, um*, que l'on fait accorder avec ce nom. Ex. Il a fait cela malgré lui ; *id invitus fecit.* Je l'ai renvoyé malgré lui, *illum invitum dimisi.*

II. *Malgré*, devant un nom *de chose*, se tourne par *quoique*, avec un verbe. Ex. Il le tua malgré ses cris redoublés ; T. Quoiqu'il criât beaucoup ; *illum quamvis clamitaret, interfecit.*

Au haut de... au milieu de... *au bas de...*

Se tournent en latin par l'adjectif. Ex. Le haut, le sommet d'un arbre, d'un rocher, d'une montagne ; *summa arbor, summa rupes, summus mons.* Au haut de l'arbre, *in summâ arbore.*

Le milieu d'un arbre, d'un rocher, d'une montagne ; *media arbor, media rupes, medius mons.*

Le milieu du marché, *medium forum.*

Le bas d'un arbre, d'une montagne; *ima arbor, imus mons.*

Le reste de l'argent, *reliqua pecunia.*

Le bout des doigts, *extremi digiti.*

Le fond du puits, *imus puteus.*

EXPRESSIONS PROVERBIALES.

A bon entendeur demi-mot, *dictum sapienti sat est.*

Tirer de l'huile d'un mur, *aquam è pumice postulare.*

Ce qui vient de la flûte retourne au tambour, *malè parta, malè dilabuntur.*

Faire bien du bruit pour rien, *excitare fluctum in simpulo.*

Vous avez mis le doigt dessus, *rem acu tetigisti.*

Le sort règle tout, *sors omnia versat.*

Plus on boit, plus on veut boire; *quò plùs sunt potœ, plus sitiuntur aquœ.*

Autant vous en pend à l'oreille, *in eâdem es navi.*

Porter de l'eau à la rivière, *in silvam ligna ferre.*

Crédit est mort, *fides concidit.*

La prospérité change les mœurs, *cedunt mores rebus secundis.*

La beauté se passe avec le temps, *forma carpitur spatio.*

Elle est tirée à quatre épingles, *tota de capsulâ.*

Où vous serez le maître, je serai la maîtresse; *ubi tu Caius et ego Caia.*

On l'a payé pour le faire taire, *bos in linguâ.*

Qui a bu, boira, *anus ad armillum redit.*

Il a deux cordes à son arc, *duabus anchoris nititur.*

Tant vaut l'habit, tant vaut l'homme; *assem habeas, assem valeas.*

Il a une santé de crocheteur, *athleticè valet.*

Il gobe la pillule, *mœrorem bibit.*

Il a le nez fin, *ad quœstum callet.*

Faire d'une pierre deux coups, *de eâdem fideliâ duos parietes dealbare.*

Il perd sa peine, *lapidem verberat.*

Il fait la pluie et le beau temps, *paginam utramque facit.*

Tel maître, tel valet; *dignum patellâ operculum.*

A trompeur, trompeur et demi; *trudit aliam alia fallaciam.*

FIN.

TABLE ALPHABÉTIQUE.

*

*

H.

I.

L.

R.

Complément de :

S

ERRATA.

PAGE 11, ligne 3. Aussi, lisez : *ainsi.*
Page 22, ligne 6. Complément des... lisez *de.*
Page 63, ligne 1re. Sous-entendre; lisez : *sous-entendu.*
Page 81, avant-dernière ligne. Se met... lisez : *se mettent*

DE L'IMPRIMERIE D'A. ÉGRON.

www.ingramcontent.com/pod-product-compliance
Ingram Content Group UK Ltd.
Pitfield, Milton Keynes, MK11 3LW, UK
UKHW031902260826
14628UKWH00002B/930